普及类古籍整理图书专项资助项目

元明清散曲精选

黄天骥　康保成　编选

凤凰出版社

图书在版编目（CIP）数据

元明清散曲精选 / 黄天骥，康保成编选. -- 南京：凤凰出版社，2018.3（2024.10重印）
（名家视角丛书）
ISBN 978-7-5506-2720-8

Ⅰ. ①元… Ⅱ. ①黄… ②康… Ⅲ. ①元曲－选集 ②散曲－作品集－中国－明清时代 Ⅳ. ①I222.9

中国版本图书馆CIP数据核字(2018)第036085号

书　　名	元明清散曲精选
编　　选	黄天骥　康保成
责任编辑	郭馨馨
装帧设计	徐　慧
出版发行	凤凰出版社(原江苏古籍出版社) 发行部电话025-83223462
出版社地址	江苏省南京市中央路165号，邮编：210009
照　　排	南京凯建文化发展有限公司
印　　刷	唐山楠萍印务有限公司 河北省唐山市芦台经济开发区场部
开　　本	850毫米×1168毫米　1/32
印　　张	6.25
字　　数	134千字
版　　次	2018年3月第1版
印　　次	2024年10月第3次印刷
标准书号	ISBN 978-7-5506-2720-8
定　　价	89.00元

(本书凡印装错误可向承印厂调换，电话：022-69381996)

前 言

这本《元明清散曲精选》，共收选了61位散曲作家111篇作品。

据任讷先生的《散曲概论》统计，元代散曲作家可考者有227人，明代多达330人。凌景埏、谢伯阳先生编的《全清散曲》所载作家有342人。在这近千人的队伍里，本书选入的作家、作品，当然只属巨大宝藏中一小部分。

散曲是金元之际兴起的诗歌体裁。人们常说，唐诗、宋词、元曲。元曲自然包括散曲。由于这种体裁在元代蓬勃发展，作家们驾驭着它在诗坛上飞翔，于是成为一代文学的标志。明、清两代，散曲成就稍逊于元，但影响依然巨大，依然得到人们的喜爱。在封建时代后期的诗歌领域里，散曲与诗、词呈现出鼎足三分之势。

散曲的音乐建制，由宫和调合成。金元之际，宫指的是律位，即今天音乐术语所说的“调高”。调是由一定旋律、节奏组成乐曲的代称，即今天所说的“曲牌”、“词牌”。每一首散曲，离不开宫和调，说明了这种文学体裁和音乐具有共生的关系。

散曲有北曲和南曲两大类别。而无论北曲或南曲，其曲调源流主要来自民间。北曲流行于我国北部和中部地区，当地民歌和西部少数民族音乐的曲调，构成了北曲的声腔系统。南曲则流行于东南沿海一带，当地的村坊小调、巷里歌谣，是构成南曲的基础。这两大声腔系统，差不多在同一时代产生，但北曲的发展却先于南曲。有元一代，北曲风靡全国。而南曲，直至明代弘治、正德年间以后，随着经济文化重心的南移，才逐渐兴盛起来。

散曲之所以被称之为"散"，一般是与戏曲相对而言。戏曲是戏中使用的曲，黏连着科白、情节，成为戏中不可分割的部分。如果作家以曲的体裁抒情作诗，则与科白情节毫无联系，这就叫"散"。因为它是一种可以独立生存的个体。

除此之外，散曲之为"散"，还可以从以下两个方面理解。一是它在语言方面，既和诗、词一样，注意音步、平仄和押韵的有序排列，又吸收了散文不受限制自由灵活的特点，因此，往往会呈现出口语化以及曲体某一部分音节散漫化的状态。二是它在艺术表现方面，比诗词更多地采用"赋"的方式。赋就是铺陈、叙述，是散文最基本也最有效的功能。正因为散曲与诗词相比，更具韵文与散文结合的趋向，因此，突出它的"散"字，也有一定的意义。而从其总体的格调来看，它显得比诗、词尖新直露，生动活泼，这一点，自然也和它能够融合散文的韵味有关。

散曲融合散文形态的标志之一，是它可以增加衬字。所谓衬字，是曲中句子本格以外的字。例如北曲的正宫〔塞鸿秋〕，其曲调末句，依格本是七个字，但贯云石的《塞鸿秋·代人作》，末句是"今日个病恹恹，刚写下两个相思字"，变为十四个字了。那么，本格七个字之外的另七个字，就是衬字。至于哪七个字属衬字，在北曲倒无须确指，"北力在弦"，它只受乐曲的旋律制约，孰正孰衬，是无所谓的。至于南曲，则有明确的正衬之分。"南力在板"，衬字是指板眼以外所增加的字。一般来说，北曲衬字可多可少;而南曲有"衬不过三"的限制。但不管怎样,增加衬字,在文学上明显具有让语言口语化、俚俗化,并使曲意明朗活泼、穷形尽相的作用。例如关汉卿的《不伏老》套数,〔黄钟煞〕一曲,把"我是一粒铜豌豆"七个字,增衬成"我是个蒸不烂煮不熟捶不扁炒不爆响当当一粒铜豌豆",这一来,整句显得豪放泼辣,把"铜豌豆"的性格表现得淋漓尽致。

关于散曲的篇制,主要有小令、带过曲、套数几种。小令源于唐代的酒令,相当于词的一片、一阕。它是散曲篇制的基本单位。一支曲调,通常就是一首小令。如果意犹未尽,可以在宫调相同音律衔接的基础上,再用别的一、二首曲牌,组成一篇,这就叫"带过曲",如〔雁儿落带得胜令〕、〔骂玉郎带感皇恩采茶歌〕等。带过曲的容量,比小令大,不过它最多只能使用三个曲牌。如果需要写更多的内容,那就要用"套数"了。"套数"又叫"套曲"、"大令",它由同一宫调的若干首曲牌联缀而成,各曲同押一部韵,结尾部分有〔尾声〕,在音乐上首尾呼应,构成一个整体。在散曲的篇制中,"小令"短小精悍,"套数"容量较大,"带过曲"则是两者的折衷,它们各具不同的表现功能,作者可以根据内容的需要,在体裁上作出自己的选择。

自从散曲兴起以后,曲坛上作者如林。他们驰骋才思,以曲体抒发感情,反映生活,作出了显著的成绩。在元代,著名的散曲家,前期有白朴、关汉卿、卢挚、姚燧、马致远;后期有张养浩、乔吉、张可久、贯云石等。在明代,汤式、康海、冯惟敏、王磐、陈铎,各领风骚。至清代,朱彝尊、厉鹗、吴锡麒等,也有自己的贡献。由于不同时代的作者,具有不同的经历和不同创作个性,因此,曲坛上也出现珠宝纷呈、繁花似锦的局面。清代刘熙载在《艺概·曲概》

中，把散曲分为三品，一曰清深，二曰豪旷，三曰婉丽。这样的划分，基本上是准确的。显然，这三品就像三原色，它们的色调，又能互相融合、渗透，调制出万紫千红的色彩。一般说来，每个时代的前期，散曲风格以豪旷居多，更能显出真率自然的曲味，中后期则以婉丽居多，有时还会伤于雕斫。本书仅向读者提供散曲的一些精品。由于时间和篇幅所限，挂一漏万、错讹不当的地方肯定不少，希望以后有修订增补的机会。

目 录

杨 果(1195—1269)

字正卿,号西庵,祁州蒲阴(今河北安国)人,金哀宗朝进士。历任县令,以清廉干练著称。入元后,官至参知政事,出为怀孟路总管。著有《西庵集》。散曲现存不多。风格偏于典雅。从他的作品中,我们可以窥见传统诗歌创作由词向散曲过渡的痕迹。

越调小桃红①

碧湖湖上柳阴阴,人影澄波浸。常记年时对花饮。到如今,西风吹断回文锦。②羡他一对,鸳鸯飞去,残梦蓼花深。

【注释】

①越调适应性颇强,欢乐或悲伤情绪均可表现。[小桃红]为越调常用小曲,又名[绛桃春]、[武陵春]、[采莲曲]。句式为七四、七三七、四四五。八句六韵。 ②回文锦:指可以回环往复来读的回文诗。诗体始见于晋代。据说女诗人苏蕙思念被流放的丈夫窦滔,织锦为《回文旋图诗》以寄。后人多运用此典以表达夫妇之间的思念。

【品评】

此曲写夫妇别离后的思念。首句从湖畔的景色写起,湖水凝碧，柳阵低笼，显得无比寂静幽雅。次句写湖边小立，澄静的湖水照出抒情主人公的倒影。那杨柳依依、形影相照的氛围，倍能勾起思怀感念的情愫。其间着一“浸”字，颇能表现出静立凝思的神态。第三句，写在沉寂中引发出对过去夫妇相聚时的回忆。“对花饮”一语双关，既以花喻人，又表现当时旖旎温馨的环境。四、五两句，点明题旨。西风萧瑟，吹水成纹，也吹断了远方音讯。使用“回文锦”一典，由眼前湖水涟漪的形象生发，也暗寓作者思怀的对象。末三句是此曲精警之处。在湖上，一对形影不离的鸳鸯，飞入蓼花深处，它们双宿双栖，让孤独的离人羡慕不已。运用这具有反衬作用的特写作结，使全曲更饶韵味。元初战乱频仍，此曲所表现的对和平温馨生活向往之情，及其含蓄蕴藉的意境，颇能引起读者深思。

商 挺(1209—1288)

字孟卿,自号左山老人,曹州济阴(今山东菏泽)人。青年时代和著名诗人元好问等交游。元初为行台幕官,官至参知政事、枢密副使。诗、书、画俱工。散曲今存小令19首。

双调潘妃曲①

带月披星担惊怕,久立纱窗下。等候他。蓦听得门外地皮儿踏。②则道是冤家,③原来风动荼蘼架。

【注释】

①[潘妃曲]又名[步步娇]。句式为七五、三七、三五。六句六韵,末句须用去声收。 ②蓦:突然。 ③则道是:只以为。

【品评】

此曲写少女幽会时忐忑不安的心情。首句先点出赴约的时间,也约略勾勒约会的环境:星月朦胧,夜阑人静,一个人站在黑黝黝的阴影里,不由得担惊受怕。紧接着是“久立纱窗下”,怕而久立,更显出心情的紧张,但她一直忍受着时间的煎熬。第三句“等候他”,简洁明了。此语一下,少女怕而久立的原因自明,她内心充满希望,是纯真的爱情给了她勇气。以上三句,作者以白描手法对少女形象作静态的描画。第四、第五句气氛忽变，写她突然听到声响，紧张的心，一下子松弛了。夜深人静，地皮儿响，除了他来，还有什么？于是，幸福的喜悦，久立期待的怨恼，一时涌上心头，“冤家”二字，准确传达出爱愠交集的心态。结句“原来风动荼蘼架”是隽永的一笔。少女的神经过敏，使人失笑，她那思恋之深、期待之切的感情，也通过这出现错觉的细节曲曲传出。商挺此曲描绘人物内心微妙的变化，笔法却极尽腾挪变化之能事，很典型地反映了封建时代追求爱情自主的青年，那种畏怯、幻想、渴望、失落的复杂心理。

刘秉忠(1216—1274)

字仲晦,邢州(今河北邢台)人。年轻时曾隐居为僧,后被元世祖罗致重用,拜光禄大夫,位太保。居官后仍保持淡泊生涯。有《藏春散人集》行世。散曲多写景物,风格萧疏闲淡而隽永。《全元散曲》录其小令12首,其中4首为误收。

南吕干荷叶①

干荷叶,色苍苍,老柄风摇荡。减了清香,越添黄。都因昨夜一场霜,寂寞在秋江上。

【注释】

①南吕宜于表现感叹悲伤的情绪。[干荷叶],曲牌名,又名[翠盘秋]。句式为三三五、三三七五。七句六韵。

【品评】

曲牌名[干荷叶],作者即以此为题。通篇品咏干荷叶的形象和神态。本来,荷叶田田,露珠颗颗,惹人怜爱,但随着秋风渐起,韶光渐老,荷叶便凋残了。此曲入手抓住残荷的特点,写它叶枯、色暗、柄老。在秋风中,擎着干叶的老柄,晃来晃去,似乎在勉力支撑。从荷叶随风摇荡的姿态,作者回想它有过青春,泛过清香,如今却是香减叶黄了。前后印象两相比照,更显出干叶憔悴的容颜。第四句写荷叶凋残的原因,一夜秋霜,红销翠减，许多美好的事物，从来难以逃避霜刀雨剑。末句“寂寞”二字，把残荷人格化，使人领悟到“霜”字的多种喻意。此曲是咏物诗，描绘的虽是干荷叶，但其中寄托了作者对人生的态度。人世严酷，人生易老，种种盛衰兴废的感情，作者都有所体验。在创作时，他寄情于物，物我交融，更使干荷叶的形象包含着很深的意蕴。南唐的李璟也写过残荷：“菡萏香消翠叶残，西风愁起绿波间。”与此曲取意略近。不过，史载刘秉忠过惯僧徒式的清淡生活，因此，虽写到干荷叶的寂寞，带着点淡淡的感伤，但毕竟全曲流注着的是疏放飘逸的气韵。

王和卿

大名(在今河北)人,生卒年不详。钟嗣成《录鬼簿》列他于“前辈名公”,称他为“王和卿学士”。现存散曲21首,套数2篇。风格佻挞滑稽,用语俚俗,常流露出玩世不恭的情绪。

仙吕醉中天[①] 咏大蝴蝶

弹破庄周梦,[②]两翅驾东风。三百座名园一采一个空,谁道风流种。[③]唬杀寻芳的蜜蜂,[④]轻轻的飞动,把卖花人搧过桥东。

【注释】

①仙吕一般易于表现清新的情调。[醉中天]句式为五五、七五、六四六。七句七韵。首二句要对仗。 ②弹破庄周梦:庄周为战国时人,曾梦见自己化为蝴蝶,很得意。事见《庄周·齐物论》。 ③风流种:对女性多情的人。 ④唬:即吓。

【品评】

通篇写蝴蝶之大。王骥德《曲律》评此曲云:“只起首一句,便知是大蝴蝶,下文势如破竹,却无一句不是俊语。”此曲句句夸张,把蝴蝶写得大到无以复加,构想十分奇特。本来,蝴蝶是人见人爱的小昆虫,“蝶恋花心飞款款”,它采花时伶香惜玉的姿态,常能引人遐想。但是,王和卿笔下这只大蝴蝶,竟似是一匹凶猛的饿鹰，简直在横扫一切。外表的美丽与其鲁野的行为极不协调，于是产生了喜剧性的效果。曲中“谁道风流种”一句，在反诘中暗寓嘲讽，是全曲命意所在。据陶宗仪《辍耕录》云：“大名王和卿，滑稽佻㒓，传播四方。中统初，燕市有一蝴蝶，其大异常，王赋[醉中天]小令云云，由是其名益著。”可见，大蝴蝶出现于市廛，实有其事。骚人墨客，遂作游戏文章，随意为之，借题发挥。王和卿在奇想联翩中笔涉讽喻，引发人们对一些丑陋现象的联想，所以受到称赞。《徐氏笔精》卷六载：“元王和卿与关汉卿俱以北调相高，偶见大蝴蝶飞过，和卿赋云云，汉卿遂罢咏。”这段逸闻，与李白“眼前有景道不得，崔颢题诗在上头”的传说相似，也说明了人们对王和卿此曲的推崇。

白　朴(1226—1306)

字仁甫,号兰谷,原籍隩州(今山西河曲)人。金亡时,随父执元好问逃难。元灭南宋后,徙迁金陵。一生放浪形骸,谢绝仕进。他是杂剧名家,著有《梧桐雨》、《墙头马上》等杰作。散曲则附于词集《天籁集》后,内容多写恋情和风景。

双调沉醉东风[①]　渔父

黄芦岸白蘋渡口,绿杨堤红蓼滩头。虽无刎颈交,[②]却有忘机友,[③]点秋江白鹭沙鸥。傲煞人间万户侯,[④]不识字烟波钓叟。

【注释】

①[沉醉东风]七句六韵。句式为七七、三三、七七七。一、二句须对仗,除第六句外,七字句须以上三下四句法。　②刎颈交:可以同生共死的朋友。　③忘机友:宁静淡泊与世无争的朋友。　④万户侯:汉朝制度,封侯者食邑有万户。后泛指大官。

【品评】

蒋一葵《尧山堂外纪》云:此曲"有味而佳"。确实,它值得认真咀嚼。首两句,先描写江边景色。岸、渡、堤、滩,表明写的是水边。这里长着芦、蘋、蓼柳，色分黄、白、绿、红。枝叶疏爽的植物，点缀着缤纷的色彩，掩映着澄澈的江水，真是一幅澹荡明丽的秋江水墨图。中间三句，渐露题旨。“虽无刎颈交”是先退一步，逼出下文“却有忘机友”，再申明忘机友便是白鹭、沙鸥。鸥鹭点水而飞，无拘无束，自由自在。写渔父在澄明的秋江上，和鸥鹭相与忘机，便烘托出他性格的高洁，也从侧面表明他对尘浊的厌弃。末两句，格调转为峭拔，特别是“不识字”三字，掷地有声。强调渔父的不识字，可以无忧无虑，可以傲视三侯，正是要表现识字的知识分子对现实生活的反感。在词、曲创作中，以渔父为题材的作品不在少数，一般也只着眼于描绘他们生活的逍遥惬意，像刘秉忠的《清平乐·渔舟横渡》说：“自任飞来飞去，伴他鸥鹭忘机。”白朴此曲情味则显然有所不同。由于白朴虽然优游山水，实则块垒未消，这一来，命辞遣意，就不是一味潇洒脱略。

胡祗遹(1227—1293)

字绍开,号紫山,磁州武安(今河北磁县)人。至元年间曾任翰林及太常博士等官职,因忤权臣阿合马,外放为济宁路总管。不久以疾辞官。有《紫山大全集》行世。现存散曲有11首。朱权在《太和正音谱》中,称其风格如“秋潭孤月”般明净。

中吕喜春来[①] 春景

残花酝酿蜂儿蜜,细雨调和燕子泥。绿窗春睡觉来迟。谁唤起,窗外晓莺啼。

【注释】

①中吕宫多用以表现欢快的情绪。[喜春来]曲牌,又名[阳春曲]、[惜芳春]、[喜春风]等。句式有七七七、三五。五句五韵。

【品评】

胡紫山所作《春景》共有三首,以这里所选的第二首为最佳。首两句,作者捕捉人们最常见到又最易忽略的细节,表现春光的融洽旖旎。花丛中,蜜蜂嗡嗡营营地采蜜;细雨里,燕子飞来飞去地筑巢。雨滴花残,春意阑珊,而蜜蜂、燕子,似乎是抓紧时机,珍重春光,努力工作。在这里,作者写的是三春实景,但实中见虚,透露出他自己心中对春光的愉悦。李调元《雨村曲话》对这两句评价很高，认为是“人所不能道”。关汉卿的杂剧《诈妮子调风月》第三折，也以这两句入曲，可见它脍炙人口。此曲后三句，是前两句的补足。“绿窗”渲染春意的浓酣，“觉来迟”表现春睡的浓酣。春眠不觉晓，唤起梦中人的是一串莺歌，真是睡得舒心，醒来惬意。这种懒洋洋、暖融融而又畅快舒坦的心情，与窗外蜜蜂、燕子熙熙攘攘活动互相映衬，构成了统一的意象，使人感受到春光的和煦明媚，就像酒后微醺，暖人心脾。

关汉卿(1229?—1297?)

号已斋叟,大都(今北京)人。一说为祁州(今河北安国)人。在元代不愿仕进,曾参加"玉京书会",编曲写戏,甚至参与演出。贾仲名称他"驱梨园领袖"。所作杂剧现存10多种,散曲66首,风格尖利流畅。

双调沉醉东风

咫尺的天南地北,[1] 霎时间月缺花飞。手执着饯行杯,眼搁着别离泪。刚道得声"保重将息",[2] 痛煞煞教人舍不得。好去者,望前程万里。

【注释】

①咫尺:喻近。咫:八寸。 ②将息:休息调养。

【品评】

此曲写送别,语言明白如话,感情真挚动人。它入手即总摄别离时的感受,首两句对偶句,很能表现离别者内心的痛苦、情绪的凝重。跟着写送行场面,饯行的女子,手上端着酒杯,眼里盈盈珠泪。"搁着"两字,刻画出强忍眼泪的神态。后几句着重写临别赠言的场面:她刚刚对离人说了声"保重将息",便心如刀割,再也说不下去了。毕竟,她控制住自己的情绪,她不愿意让所爱的人在离别的时刻增加痛苦,于是,她显得很爽朗,很自然，用一句美好的祝愿代替千言万语。而写她强颜欢笑，很能深一步揭示她内心的痛苦。我国写恋人送别的诗词，如韦庄《女冠子》“别君时，忍泪佯低面，含羞半敛眉”；柳永《雨霖铃》“执手相看泪眼，竟无语凝咽”。此曲刻画入微处，与上面两词相埒，而真率透彻则过之。

南吕一枝花[①]　不伏老

[一枝花]攀出墙朵朵花，折临路枝枝柳。[②]花攀红蕊嫩，柳折翠条柔。浪子风流，凭着我折柳攀花手，直煞得花残柳败休。半生来折柳攀花，一世里眠花卧柳。

[梁州第七]我是普天下郎君领袖，盖世界浪子班头。愿朱颜不改常依旧。花中消遣，酒内忘忧；分茶攧竹，[③]打马藏阄，[④]通五音六律滑熟，[⑤]甚闲愁到我心头。伴的是银筝女银台前理银筝笑倚银屏，伴的是玉天仙携玉手并玉肩同登玉楼，伴的是金钗客歌金缕捧金樽满泛金瓯。[⑥]你道我老也，暂休。占排场风月功名首，[⑦]更玲珑又剔透。我是个锦阵花营都帅头。[⑧]曾玩府游州。

[隔尾]子弟每是个茅草岗沙土窝初生的兔羔儿乍向围场上走，[⑨]我是个经笼罩受索网苍翎毛老野鸡蹅踏的阵马儿熟。[⑩]经了些窝弓冷箭铁枪头，[⑪]不曾落人后。恰不道“人到中年万事休”，[⑫]我怎肯虚度了春秋。

[尾]我是个蒸不烂煮不熟捶不扁炒不爆响珰珰一粒铜豌豆，恁子弟每谁教你钻入他锄不断斫不下解不开顿不脱慢腾腾千层锦套头。[⑬]我玩的是梁园月，[⑭]饮的是

东京酒，[15]赏的是洛阳花，[16]攀的是章台柳。[17]我也会吟诗，会篆籀；[18]会弹丝，[19]会品竹；[20]我也会唱鹧鸪，舞垂手；[21]会打围，会蹴鞠；[22]会围棋，会双陆。[23]你便是落了我牙，歪了我口，瘸了我腿，折了我手，天赐与我这般儿歹症候，[24]尚兀自不肯休。[25]则除是阎王亲自唤，神鬼自来勾，三魂归地府，七魄丧冥幽，天哪，那其间才不向烟花路儿上走。

【注释】

①这是南吕宫常用的套数。通常由[一枝花]、[梁州第七]、[尾声]三曲组成。　②出墙花、临路柳：借指优伶妓女。　③分茶：把茶均匀斟注待客。攧(diān)竹：画竹。这都是妓院技艺。　④打马：在圆牌上刻马名，用掷骰子猜马牌决胜负。藏阄(jiū)：即藏钩，猜每人手上捂着的小物件。这都是古代博戏。　⑤五音六律：泛指音乐。五音为宫、商、角、徵、羽。六律即黄钟、太簇、姑洗、蕤宾、夷则、无射。　⑥金钗客：指女子。金缕：即《金缕衣》曲调名。金瓯：酒杯。　⑦排场：即戏剧或伎艺演出。　⑧锦阵花营：比喻娼妓优伶队伍。都帅头：总帅。　⑨子弟每：即子弟们。元代一般称嫖客为子弟。兔羔儿：小兔子，这里指未经世面的子弟。围场：猎场。　⑩蹅(chǎ)踏：踩踏。阵马：战阵、战场。　⑪窝弓：埋在草丛里猎兽的弓箭。　⑫恰不道：即却不道，犹言岂不是说，反诘的口气。　⑬恁：你们。锦套头：美丽的圈套。　⑭梁园：又名兔园，汉梁孝王营建的花园。这里指汴京。　⑮东京：指宋都城汴京(今开封市)。　⑯洛阳花：指牡丹花。　⑰章台柳：章台是汉代长安街名。唐代诗人韩翃曾和住在章台的歌妓柳氏相爱，后人便以章台柳指代妓女。　⑱篆籀(zhòu)：写古体字。篆，这里作动词用。　⑲弹丝：演奏弦乐器。　⑳品竹：演奏管

乐器。 ㉑鹧鸪:指[鹧鸪天]、[瑞鹧鸪]等曲调。垂手:指大垂手、小垂手等舞蹈。 ㉒打围:打猎。蹴鞠:古代的踢球游戏。 ㉓双陆:古代一种下棋的游戏。 ㉔歹症候:恶疾。引申为坏毛病,指上面提到的种种爱好。 ㉕尚兀自:尚且。兀,发语词,无义。

【品评】

这是关汉卿的代表作。它以"不伏老"为题,以第一人称来写,作自我介绍、自我调侃。而所写的"我",固然有关汉卿本人的影子,但更多的是元代许许多多书会才人面貌的概括。第一支曲[一枝花]反复写攀花和折柳,花是出墙的花,柳是临路的柳,自有其特定含义。三、四句说攀折的是娇花嫩柳,六、七句,八、九句则说一辈子尽情地放纵。这一番自我表白,直率坦露,是"风流浪子"个性的概括。[梁州第七]是风流浪子的自夸,列举眠花折柳的种种手段和本领。此曲较多使用对偶工整的长句,气韵悠扬,颇能显出风流浪子洋洋自得的神态。[隔尾]则以嘲笑那些稚嫩而不谙世事的子弟作比衬,展现自己曾经沧海抵受过风风雨雨,锻炼出顽强的性格。曲中以兔羔形容初出茅庐的子弟,以野鸡形容泼辣老练的自己,生动活泼、诙谐幽默。[尾]曲写得最透彻、最精彩。"我是个蒸不烂煮不熟捶不扁炒不爆响珰珰一粒铜豌豆",是极能表现人物形象,极能给人以深刻印象的点睛之笔。这支曲子,承上文在两个方面作进一步的发挥。即表明自己多才多艺,具有攀花折柳的本领;表明自己死不改悔攀花折柳的决心。曲中一系列短促有力的排句,节奏铿锵,具有精神抖擞、斩钉截铁的意味。全曲把衬字运用的技巧,发挥到了极致。如[尾]的首两句,本为七七句式,作者竟在两句中增加了三十九个衬字,使上句成为二十三字,下句成为三十字的句式,成为散曲中少见的长句。其豪纵的胆识,使人叹服。而这些长句,实际上又以排列有序的一连串三字短句组成，于是给人以长短结合、舒卷自如的印象。这种浪漫不羁的表现形式，恰能表达浪漫不羁的内容，以及风流浪子无所顾忌的品性。从表面看来，这套[不伏老]淋漓尽致地写“风流浪子”眠花折柳的行径，并不可取。但是，我们应该结合元代特定的历史环境来看待它的价值。当时，知识分子没有出路，有许多人混迹勾栏，成为市民阶层的一员，他们既沾染了市民习气，又以玩世不恭、游戏人生的态度表示对社会现实的抗议，这就是“风流”、“放荡”的实质。因此，此曲越写得行为诡异、惊世骇俗，就越能呈示“铜豌豆”不屈不挠、顽强抗争的一面。

卢　挚（1235—1314）

字处道，号疏斋，涿郡（今河北涿县）人。官至翰林承旨。曾出湖南、江东等地。散曲现存120首，多写景抒怀，尤擅描绘田舍风光。风格清新流丽，自然活泼。

双调沉醉东风　秋景

挂绝壁枯松倒倚，落残霞孤鹜齐飞。[1]四围不尽山，一望无穷水。散西风满天秋意，夜静云帆月影低，载我在潇湘画里。[2]

【注释】

①鹜：野鸭。　②潇湘：潇水和湘水，在湖南会合。宋代画家宋迪曾画潇湘风景八幅，世称潇湘八景。

【品评】

卢挚散曲与姚燧齐名，时称“姚卢”，是元代前期重要作家。此曲写潇湘一带的秋天暮色。首句化用李白《蜀道难》“枯松倒挂倚绝壁”，暗点秋山。次句化用王勃《滕王阁序》“落霞与孤鹜齐飞”，暗点秋水，黄昏。两句一清劲、一明丽，构成秋景特定的意蕴。“四围不尽山，一望无穷水”，意味着诗人的视点向远处扩展，放眼望去，山光水色，渺渺冥冥，使人心胸放逸开阔。这时候，西风吹送，凉意满天，给山山水水散落一片秋色，勾起了诗人的萧疏之感。“不尽”、“无穷”、“散”，虚写秋景的无影无迹，而末两句则是实写，在宁静的夜色中，诗人看到云帆，看到月影，使他联想到名画潇湘八景，感到自己进入画图之中，也成了画的一部分。全曲意象明朗，气韵流动，看得出卢挚心情的舒畅。大德初年，卢挚由大都出任湖南廉访使。此曲当是写于他在宦途中感觉尚好的时刻。

双调折桂令[①] 田家

沙三伴哥来嗏，[②]两腿青泥，只为捞虾。太公庄上，杨柳阴中，磕破西瓜。[③]小二哥昔涎剌塔，[④]碌轴上淹着个琵琶。[⑤]看荞麦开花，绿豆生芽。无是无非，快活煞庄家。

【注释】

①[折桂令]又名[蟾宫曲]、[天香行]、[步蟾宫]、[秋风第一枝]等。句式为七四四、四四四、七七、四四四四。十二句八韵。增字变化灵活。 ②沙三伴哥是元曲中常用的称呼农民的名字。嗏：语助词。 ③磕：砸开。 ④昔涎剌塔：形容垂涎肮脏的样子。 ⑤碌轴：农具，晒场上的石磙子。

【品评】

这是一幅农村夏日野趣图。作者选用日常的生活细节，表现农村夏景，饶有风趣。你看，烈日当空，两个农民走过来了。他们刚在河里捞虾，上得岸来，两腿还拖泥带水，赶紧跑进阴凉的柳阴，砸开西瓜便吃。“磕破”两字，活画出他们在劳动之余，口干舌燥、急不可待吃瓜解馋的神态。旁边，一个肮脏的小孩，颈子细,肚子大,浑身湿漉漉地靠在晒场的石磙子上。他看着大人吃瓜,馋涎欲滴,活像“淹着个琵琶”。这三个人活动的姿态,栩栩如生,构成了整幅图景的焦点。此外,作者还写到村边开花的荞麦、生芽的绿豆,作为人物的烘托,使整个画面洋溢着淳朴自然的泥土气息。最后两句,是对农家生活的赞美,作者强调农家“无是无非”,是从侧面透露出对尔虞我诈官场生活的厌恶。此曲用语俚俗,天机自露,洗尽文人笔意,使人读来趣味盎然。

姚　燧(1238—1313)

字端甫,号牧庵,河南洛阳人。一生仕途坦畅,官至翰林学士承旨。曾主持修撰《世祖实录》。有《牧庵文集》,散曲里有不少儿女风情的描写。《顾曲麈谈》卷下评云:“曲则不经见,然每有作,亦要婉丽可诵。”

越调凭栏人[1]　寄征衣

欲寄君衣君不还,不寄君衣君又寒。寄与不寄间,妾身千万难。

【注释】

①[凭栏人]:源于诸宫调。句式七七、五五。四句四韵。

【品评】

此曲全以思妇的口吻写出。古代丈夫离家,或征战,或行役,天气转凉时,妻子就给丈夫寄上寒衣。所以,诗词中常有制寒衣、送征衣之类的题材。像李白的“长安一片月,万户捣衣声”,沈佺期的“九月寒砧催落叶,十年征戍忆辽阳”,都曾脍炙人口。姚燧此曲,构思巧妙,它偏不从寄衣入手,反着眼于“欲寄”与“不寄”的内心矛盾。冬天到了,妻子想到丈夫,自然欲寄寒衣,但一转念,他有了寒衣,不就会不急于归家了吗?这一来,与其寄,不如不寄。再一转念,若不寄,丈夫不就会衣薄被单忍饥受冻了吗?真是寄也难,不寄也难。她左思右想,辗转踌躇，始终拿不定主意。这样，全曲虽然没有正写思念，却通过写妻子内心的为难，处处显示她对丈夫爱之深、念之切。短短二十四字，便将思妇细腻微妙的心理，曲曲传出。

马致远(1250? —1321?)

号东篱,大都(今北京市)人。做过江浙行省务官。晚年厌倦,退出官场。他在大都参加“书会”活动,有“曲状元”之称。现存杂剧有《汉宫秋》等 7 种。散曲 100 多首。作品风格多样,或豪放清丽,或平易自然,纵横挥洒,无不如意。

越调天净沙[1]　秋思

枯藤老树昏鸦,小桥流水人家,古道西风瘦马。夕阳西下,断肠人在天涯。

【注释】

①[天净沙]句式为六六六、四六。五句四韵。头三句一般作鼎足句。

【品评】

马致远是元代最著名的作家之一。此曲写天涯游子在秋天的感受。首三句叠用九个名词,名词与名词衔接,无须动词作中介,却又能够使人理解作者所见所想。这就像电影的蒙太奇镜头那样,通过画面的组接,启发观众联想画面以外的涵义。秋郊的黄昏,乌鸦返巢,藤缠老树,失去依托的游子,面对这样的景色,不能不触动愁思。远处,小桥流水,村舍人家,显得宁谧而温馨,反衬游子离家心情的失落。再放眼望去,古道蜿蜒,瘦马踯躅，周遭一片寂寞苍凉。这三组景色，情味不同，在夕阳的照映下，统一构成富有韵味的意境。最后一句，“断肠人在天涯”。这句贯穿全曲，却又戛然而止。至于游子的情感，已不必多写，游子是谁？是作者自己还是别人，也不必说明。因为，它概括了羁旅天涯的人最典型的感受。周德清《中原音韵》誉此曲为“秋思之祖”。王国维说它“寥寥数语，深得唐人绝句妙境，有元一代词人，均不能办此”。确实，此曲所表现的艺术魅力，别人难以企及。

双调拨不断[①]

叹寒儒，谩读书，读书须索题桥柱，[②]题柱虽乘驷马车，乘车谁买长门赋。[③]且看了长安归去。

【注释】

①[拨不断]又名[续断弦]。三三七、七七四句式。六句六韵。　②谩：枉然。　③“题柱”两句：题桥柱与下面驷马车、长门赋，均用汉代司马相如故事。相如未遇时，从成都赴长安，出城后在升仙桥柱上题句云：“不乘驷马高车，不过此桥。”其后，陈皇后被废置长门宫，乃以黄金百斤，请相如写《长门赋》以感悟汉武帝。

【品评】

在元代，知识分子怀才不遇，满腹牢骚。“叹寒儒”，实是“寒儒自叹”。可叹的原因，在于枉读了诗书。读书人必须有远大的抱负。有些人，虽然飞黄腾达，但又有谁受到重视。这一来，饱读诗书，上京考试，又有什么意义。末了撇下一句："且看了长安归去"，活画出"寒儒"们在无可奈何中夹杂着轻蔑的心态。无名氏的[朝天子]散曲也说："不读书有权，不识字有钱。"人们不断地提出读书无用，可见这是严重的社会问题。此曲妙处，在于能巧用"顶真格"句式，即以上句的句尾词组，作为下句的开头，上下勾连，一气呵成。运用这种句子形式，既能使意思一层深似一层，又能表达骨鲠在喉、不吐不快的情绪。至于马致远所说"读书无用"，当然只是反话。这冷峭之笔，实质是心肠郁热的另一种表露。

双调夜行船[①] 秋思

百岁光阴如梦蝶，重回首往事堪嗟。今日春来，明朝花谢，急罚盏夜阑灯灭。[②]

[乔木查]想秦宫汉阙，[③]都做了衰草牛羊野，不恁么渔樵没话说。[④]纵荒坟断碑，不辨龙蛇。[⑤]

[庆宣和]投至狐踪与兔穴，[⑥]多少豪杰。鼎足三分半腰里折。魏耶？晋耶？[⑦]

[落梅风]天教你富，莫太奢，没多时好天良夜。富家儿更做道你心似铁，[⑧]空辜负了锦堂风月。[⑨]

[风入松]眼前红日又西斜，疾似下坡车。不争镜里添白雪，上床与鞋履相别。[⑩]莫笑鸠巢计拙，葫芦提一向装呆。[⑪]

[拨不断]利名竭，是非绝，红尘不向门前惹，[⑫]绿树偏宜尾角遮，青山正补墙头缺。更堪那竹篱茅舍。

[离亭宴煞]蛩吟罢一觉才宁贴,[13]鸡鸣时万事无休歇,何年是彻?[14]看密匝匝蚁排兵,乱纷纷蜂酿蜜,急攘攘蝇争血。裴公绿野堂,[15]陶令白莲社,[16]爱秋来那些:和露摘黄花,带霜烹紫蟹,煮酒烧红叶。想人生有限杯,浑几个重阳节?[17]嘱你个顽童记者,[18]便北海探吾来。[19]道东篱醉了也![20]

【注释】

①[双调夜行船]是双调中常用的套曲。这套曲比较自由,除开头用[夜行船]及结尾用[离亭宴煞]外,中间各曲一般不固定。较常见的为[风入松]、[庆宣和]、[新水令]、[天仙令]等曲调。 ②"急罚盏"句:意为赶快饮酒,时间不多了。罚盏:喝酒。 ③宫、阙:宫殿楼阁,引申为帝王事业。 ④不恁么:不这样。 ⑤龙蛇:指字迹。秦汉篆书形状盘曲,故以龙蛇形容。 ⑥投至:等到。 ⑦"鼎足"句:意思是说魏、蜀、吴三国争雄,成鼎足三分之势,到中途就夭折了,胜利者到底是魏还是晋?实难以说清楚。 ⑧更做道:即使是。 ⑨锦堂风月:指富贵人家的生活享受。 ⑩"不争"两句:意思说如果老了,死亡就要来了。不争:如果。白雪:指白发。上床与鞋履相别:上了床,不再下床穿鞋履,指死。 ⑪"莫笑"两句:意思是莫笑我不善营生,我一向装糊涂呢!鸠巢计拙:传说斑鸠不会做巢,只占据喜鹊的巢居住。葫芦提:糊里糊涂。 ⑫红尘:指尘世的牵缠。 ⑬蛩(qióng):蟋蟀。宁贴:舒服。 ⑭彻:玩、尽。 ⑮裴公绿野堂:裴公,唐朝的宰相裴度,主政三十年,后因宦官当权,在洛阳筑绿野堂隐居。 ⑯陶令白莲社:东晋僧人慧远在庐山建白莲社,研讨佛理,曾邀陶潜参加。陶潜当过彭泽县令。 ⑰浑:还有。 ⑱记者:记着。 ⑲北海:指汉献帝的北海相孔融,性好客。 ⑳东篱:马致远自称。

【品评】

马致远的小令[天净沙]和这首套曲，均以秋天景色起兴。小令写索寞心境，此曲写放旷情怀，均属散曲中精品。开篇六句，统领全局，提出人生若梦，应该及时行乐。[乔木查]、[庆宣和]、[落梅风]三曲，从三个方面阐发题旨：帝王有无上权威，但终归霸业成墟，只给渔翁樵夫留下笑谈的话题；豪杰有满腔抱负，但多少人白忙了半世，胜者败者，如今安在？富翁们守着钱财，俭吃省用，到头来辜负了大好时光。[风入松]、[拨不断]两曲，从对富贵荣华的感慨，引出作者自身的处世哲学：人生苦短，难得糊涂。不如摆脱名利是非、乐得安闲清静。[离亭宴煞]总结全文。作者先比较两种人生态度：一种人争名夺利，一种人诗酒自娱。然后归结到自己的选择：趁秋光，醉东篱，图个逍遥自在。全曲结构严整而气势豪纵。就思想方面而言，表面上放逸潇洒，消极避世，实际上是作者愤世嫉俗的另一种表现形式。《艺苑卮言》云："此曲放逸宏丽而不离本色，押韵尤妙。长句如红尘不向门前惹，绿树偏宜尾角遮，青山正补墙头缺，又如和露摘黄花，带霜烹紫蟹，煮酒烧红叶，俱入妙境。小语如上床和鞋履相别，大是名言。结尤疏俊可咏。元人称为第一，真不虚也。"所论极是，此曲语言工丽与本色交错，俊彩纷呈，好句如珠。尤其是鼎足对的运用，令人击节赞叹。

白　贲(bì)

号无咎,钱塘人。生卒年不详。曾任温州路平阳州教授,后为南安路总管府经历。能曲善画。但散曲存者甚少。仅存小令[鹦鹉曲]1首,另套数3篇。

正宫鹦鹉曲①

侬家鹦鹉洲边住,② 是个不识字渔父。浪花中一叶扁舟,睡煞江南烟雨。③　[幺]④ 觉来时满眼青山,⑤ 抖擞绿蓑归去。⑥ 算从前错怨天公,甚也有安排我处。⑦

【注释】

①[鹦鹉曲]又名[黑漆弩]、[学士吟]。分前后两片。句式:前片为七七、七六;后片为七六、七七。八句五韵。　②侬家:我家。湖北汉阳西南长江中有鹦鹉洲,这里是虚构一个地方。　③睡煞:尽情地睡。　④[幺]:[幺篇]之省。散曲每支只有一段,个别曲调则有两段。后篇为前段的重复而略有变化,称[幺篇]。　⑤觉来时:醒来时。　⑥抖擞:抖动、摇晃。　⑦甚:真正。

【品评】

《太平乐府》载冯子振[鹦鹉曲]序云:"白无咎有[鹦鹉曲]云云。余壬寅岁留上京,有北京伶妇御园秀之属。相从风雪中,恨此曲无续之者。"散曲的四声安排,有时要求甚严。像[鹦鹉曲]末句，必须去仄仄平平上仄。白贲此曲在平仄方面按其要求，丝丝入扣，圆熟自然，这固然难以找到可以匹敌的续作。更重要的是，此曲在表现悠然自得、逍遥旷达的情绪，也有独特的地方。张志和有《渔歌子》一词，写"青箬笠，绿蓑衣，斜风细雨不须归"，意境与此曲相近。不同的是，白贲与白朴的[沉醉东风]一样，特意点出渔父的"不识字"，没有那份"人生识字忧患始"的心情。而和白朴不同的地方，是白贲此曲承认有过牢骚、不平，但领略了江南烟雨，便心旷神怡，领悟到避世江湖，才是天公对他最好的安排。这一来，更显得文心跌宕，飘逸闲适。可以说，在疏淡中见豪放，在潇洒中见不羁，直抒胸臆而情景兼备，是白贲此曲妙处。

冯子振(1257—1327)

字海粟,号怪怪道人,攸州(今湖南攸县)人。官至承事郎、集贤待制。性豪放,文思敏捷,酒酣耳热,一挥即万余言,文字美如簇锦而不为文章法度所束缚。《尧山堂外纪》云:"世谓天下有名冯海粟。"现存散曲44首。

正宫鹦鹉曲　农夫渴雨

年年牛背扶犁住,[①] 近日最懊恼煞农父。稻苗肥恰待抽花,[②] 渴煞青天雷雨。[③]　　[幺]恨残霞不近人情,截断玉虹南去。望人间三尺甘霖,看一片闲云起处。

【注释】

①扶犁住:扶着犁。　②抽花:指抽穗。

【品评】

此曲是续和白贲[鹦鹉曲]之作。据《尧山堂外纪》云:白曲问世后,"海粟即援尾续百首"。现在能看到的有42首。贯云石评云:"海粟之词豪辣灏烂,不断古今。"从他那一口气唱和多首的做法,确可以看到他豪放泼辣的气概。《农夫渴雨》一曲,上半部分突出写大旱出现在"稻苗肥恰待抽花"之际。这关键时刻,最需要水,否则颗粒无收。"恰待"两字,表明雨水及时的重要性以及农民渴雨的原因。曲的下半部分写农民渴雨的心情。他们仰望天空,只见残霞飘忽。按农村气象常识,这表明天色还要继续晴朗。于是,农夫对雨的渴望,便转化为对残霞的恨,恨它把玉虹截断,赶跑了雨。这样的恨,当然无理,却能真切表露出农民的焦虑之情。结句忽起波澜,说看到闲云升起,似乎在绝望中又看到了一丝希望。这含蓄细腻的写法,真切地描画出农夫渴雨、大旱望云霓的内心律动。

王实甫

名德信,大都(今北京市)人。生卒年不详。经常生活于勾栏之中,词章韵美,士林低伏,有杂剧 14 种。现存 3 种。所著《西厢记》最负盛名。贾仲明说它"天下夺魁"。现存散曲只有 3 首。

中吕十二月过尧民歌[1]　别情

[十二月]自别后遥山隐隐,更那堪远水粼粼。见杨柳飞绵滚滚,对桃花醉脸醺醺。透内阁香风阵阵,[2]掩重门暮雨纷纷。　[尧民歌]怕黄昏忽地又黄昏,不销魂怎地不销魂。新啼痕压旧啼痕,断肠人忆断肠人。今春,香肌瘦几分,缕带宽三寸。[3]

【注释】

①[十二月]过[尧民歌]是中吕宫的带过曲。带过曲由两支或三支小令组成,小令之间的音律必须衔接。[十二月]的句式为六句,每句四字。[尧民歌]句式为七七七七、二五五。　②内阁:闺阁。　③缕带:腰带。

【品评】

王实甫的戏,以写儿女风情为主。此曲写的也是男女的别情。[十二月]首两句,入手擒题,写别后的颙望。她望尽天涯,离人不见，见到的只是遥山远水。隐隐山色，粼粼水影，使她情怀增添了一层怅惘。三、四句，写她收回目光，而楼外柳絮的飘零、桃花的灿烂，也使她触景伤情，想起了欢聚时的生活。第五句写她不再伫望，回到香闺。第六句写她索性掩上重门，也想掩上自己的心扉。但房里香风阵阵，依然是他未走时的样子；房外纷纷细雨，更衬托她独处的凄凉。[尧民歌]则紧接上文从“暮”字入手，正写黄昏的孤单和思忆的痛苦。独守空闺的人，最难忍受黄昏的寂寞，此曲以四句层层深入、抽丝剥笋般揭示闺中人内心的矛盾。四句首尾连环，句句用韵，这与[十二月]每句以叠字结尾的句式相配合，不仅音调连绵美听，而且能把婉转低回、柔肠寸断的别情恰切地传达出来。所以，《中原音韵》说此曲“对偶、音律、平仄、语句皆妙”。

张养浩(1270—1329)

字希孟，号云庄，山东济南人。历任县尹、监察御史、礼部尚书。以直言敢谏著称。弃官归隐后，因关中大旱，复出治旱救灾，劳瘁而死。散曲集有《云庄休居小乐府》，多写寄情林泉之乐，间亦有关怀民瘼之作。

中吕山坡羊[1]　潼关怀古

峰峦如聚，波涛如怒，山河表里潼关路。[2]望西都，[3]意踟蹰，伤心秦汉经行处，宫阙万间都做了土。兴，百姓苦；亡，百姓苦。

【注释】

①[山坡羊]又名[山坡里羊]、[苏武持节]。句式为四四七、三三、七七、一三、一三。十一句九韵。　②表里：内外。潼关：在今陕西省潼关县，素称险要。　③西都：指长安。

【品评】

张养浩晚年在陕西赈济饥民时，写了九首怀古曲。这是最有名的一首。起句“峰峦如聚，波涛如怒”，气势飞动。作者纵笔酣写山川的壮美，赋予它以强烈的感情。沉郁的声调，产生闷雷滚动般的效果，使人心灵震撼。“山河表里潼关路”，突出写潼关的险要。这里是历代兵家必争之地，多少次关系着兴亡的战斗在这里展开。从潼关向西，“望西都，意踟蹰”。长安是好几代王朝的首都，作者登高伫望，思古之情悠然而起。“伤心秦汉经行处”两句，是说遥望那片秦代人、汉代人乃至历代人曾经走过的土地，不禁感慨系之。诗人感到，历史在他面前一页页地翻开，无情地宣示王朝更替不可避免的现实。此曲迥异于其他诗作，在于它不只是一般地抒发兴亡之感，而且一针见血，揭示出兴亡后面的历史真谛：“兴，百姓苦；亡，百姓苦。”这八个字，鞭辟入里，精警异常，恰如黄钟大吕，振聋发聩，使全曲闪烁着耀眼的思想光辉。从诗人对百姓的态度，回应起首两句，当可理解为什么他在豪雄的山色面前，抚今追昔，显得心情沉重、郁勃难舒了。

郑光祖

字德辉，平阳襄陵（今山西临汾附近）人。生卒年不详。做过杭州路史。为人方直不阿。现存杂剧有《倩女离魂》等8种。艺人们尊称他为“郑老先生”。《录鬼簿》说他“名传天下，声彻闺阁”。散曲只有小令6首，套数2篇。

双调折桂令　梦中作

半窗幽梦微茫，歌罢钱塘，[1]赋罢高唐。[2]风动罗帏，爽入疏棂，[3]月照纱窗。缥渺见梨花淡妆，依稀闻兰麝余香。唤起思量，待不思量，怎不思量。

【注释】

①歌罢钱塘：《春渚纪闻》载，宋代司马才仲昼寝，梦美人唱《蝶恋花》，有句云：“妾本钱塘江上住，花落花开，不管流年度。”后来美人又来入梦，梦中结为夫妇。　②赋罢高唐：宋玉有《高唐赋》，写楚襄王游高唐，梦中与神女欢会事。　③疏棂（líng）：疏疏的窗格。

【品评】

《太和正音谱》云：“郑德辉之词如九天珠玉。”又云：其词出语不凡，若咳唾落乎九天，临风而生珠玉，诚杰作也。”他的作品构思之奇、用词之美，确实不同凡响。这支小令，以梦后的感觉，表现相思之苦，手法也奇巧新颖。首句显示一种仿佛迷离的意蕴，窗户半开，若明若暗。幽幽的梦境，似乎越来越缥缈朦胧了。“歌罢”、“赋罢”两句，用两个典故含蓄地表现梦中的欢会，连用两个“罢”字，是对风流云散的强调，并带出下文梦醒的描写。“风动”、“爽入”、“月照”三句，写醒后所见。凉风、明月，吹醒了人，照破了梦。但梦中一切，还历历在目，梦醒了似乎还在梦中。“依稀”句，即写如见其人，如闻其香。梦是幻觉，而幻觉之外，又有幻觉，这奇特的描写，恰好表现思恋的缠绵悱恻。末三句，点明曲意。“思量”一语，三次反复出现，一唱三叹，使人真切地感受到一往情深、无法割舍的相思之苦。

睢景臣

字景贤，扬州人。生卒年不详。大德七年（1305）赴杭州居留。自幼读书勤奋，仕途上却不得志。《录鬼簿》说他："心性聪明，酷嗜音律。"曾有杂剧《屈原投江》等3种，今佚。散曲现存套数3篇。

般涉调哨遍[1]　高祖还乡[2]

［哨遍］社长排门告示，[3]但有的差使无推故。[4]这差使不寻俗：一壁厢纳草除根，[5]一边又要差夫，索应付。[6]又言是车驾，都说是銮舆，[7]今日还乡故。王乡老执定瓦台盘，赵忙郎抱着酒葫芦，[8]新刷来的头巾，[9]恰糨来的绸衫，[10]畅好是妆么大户。[11]

［耍孩儿］瞎王留引定火乔男女，[12]胡踢蹬吹笛擂鼓。[13]见一彪人马到庄门，[14]劈头里几面旗舒。一面旗白胡阑套个迎霜兔，[15]一面旗红曲连打着个毕月乌；[16]一面旗鸡学舞，[17]一面旗狗生双翅，[18]一面旗蛇缠葫芦。[19]

［五煞］红漆了叉，银铮了斧，[20]甜瓜苦瓜黄金镀。明晃晃马镫枪尖上挑，[21]白雪雪鹅毛扇上铺。这几个乔人物，拿着些不曾见的器仗，穿着些大作怪衣服。

［四煞］辕条上都是马，套顶上不见驴，[22]黄罗伞柄天生曲，车前八个天曹判，[23]车后若干递送夫，[24]更几个多娇女，一般穿着，一样妆梳。

［三煞］那大汉下的车，众人施礼数。那大汉觑得人如无物。众乡老展脚舒腰拜，那大汉挪身着手扶。猛可里抬头觑，[25]觑些时认得，险气破我胸脯。

［二煞］你身须姓刘，你妻须姓吕，把你两家儿根脚从头数：[26]你本身做亭长耽几盏酒，[27]你丈人教村学读几卷书。曾在俺庄东住，也曾与我喂牛切草，拽坝扶锄。[28]

［一煞］春采了桑，冬借了俺粟，零支了米麦无重数。[29]换田契强秤了麻三秤，还酒债偷量了豆几斛。有甚糊涂处，明标着册历，[30]现放着文书。

［尾声］少我的钱差发内旋拨还，[31]欠我的粟税粮中私准除。[32]只道刘三谁肯把你揪捽住，白甚么改了姓更了名，[33]唤做汉高祖！

【注释】

①［哨遍］，或作［稍遍］，它与下面的［耍孩儿］、［煞］，都是北曲般涉调的曲牌，联套时可以联入。但［煞］应位于［耍孩儿］之后、［尾声］之前，可用若干首，冠以数字。 ②汉高祖刘邦于称帝后十二年，曾回故乡沛县。 ③社长：元代以五十家为一社，选乡绅为社长。排门告示：挨家通知。 ④但有的：所有的。无推故：不得借故推托。 ⑤一壁厢：一方面。纳草除根：交纳草料。 ⑥索：须。 ⑦车驾、銮舆：均指皇帝的车驾。 ⑧忙郎：或写成芒郎、芒儿，宋元时对农民的称谓。 ⑨新刷来的：刚洗过的。 ⑩糨来：浆好熨平。 ⑪畅好是：真正是。妆么大户：装模作样的大户头。 ⑫瞎王留：元曲中常用乡民的诨名。乔男女：不三不四的人。 ⑬胡踢蹬：胡乱、乱七八糟地。 ⑭一飏(diū)：一队。 ⑮胡阑："环"的合音。迎霜兔：白色的兔。白环套着白兔，代表月亮。 ⑯曲连："圈"的合音。毕月乌：传说中的三足乌鸦。用红圈套着乌鸦，

代表太阳。⑰指风旗。⑱指飞虎旗。⑲指蟠龙戏珠旗。⑳铮:镀。㉑马镫枪尖上挑:指朝天镫。㉒套顶:套车的绳。㉓天曹判:天上的判官。指侍从官像泥塑判官那样,面目呆板,没有表情。㉔递送夫:指侍从官员。㉕猛可里:突然间。㉖根脚:根底。㉗亭长:秦代十里一亭,十亭为一乡,亭有亭长。刘邦曾做过沛县泗水亭长。耽:嗜好。㉘坝:通"耙",农具。㉙无重数:数不清。㉚册历:账簿。㉛少我的钱差发内旋拨还:意思是说,欠我的债你可以在官差钱里立刻拨还给我。差发:当官差。当时一种徭役,有钱者可以出钱雇人代替。㉜私准除:暗中扣除。㉝白甚么:为什么平白地。

【品评】

据《史记·高祖本纪》载,公元前195年,天下大定。汉高祖刘邦便回到故乡沛县,召集父老亲朋,畅聚一番。"沛父兄诸母故人日乐饮,极欢,道故旧为笑乐"。皇帝衣锦还乡,这桩盛事一直为文人雅士们津津乐道。元代,白朴写过杂剧《高祖归庄》、张国宾写过《汉高祖衣锦还乡》,均失传。此曲也是描绘皇帝衣锦还乡的盛况,其艺术构思则精巧绝伦。作者选择了很有趣的视角,让一切景象由作为旁观者的乡巴佬眼中看出。起首一曲,写沛县乡民准备迎驾,扰扰攘攘,充满喜剧色彩。[耍孩儿]、[五煞]写皇帝的仪仗队,那旌旗卤簿侍卫人员,一队队走过,乡巴佬觉得这些东西稀奇古怪,颠颠倒倒。他似懂非懂,莫名其妙。还把庄严的仪仗和日常所见的牲畜、农具联系起来,令人忍俊不禁。[三煞]以下写乡巴佬认出了刘邦,他历数刘邦的出身、行为,还大骂刘邦为了逃债,故意改名为汉高祖。[尾声]数句,骂得无知,骂得有趣,极具嘲弄意味。全曲谐趣而又锋利,幽默而又深刻,它像一根闪着冷光的魔棍,批却中窍,洞幽烛微,把以为不可一世的封建统治者逗弄得哭笑不得。钟嗣成说此曲“制作新奇”，说同类题材的作品“皆出其下”。在封建时代，睢景臣敢于剥下皇帝的衮龙袍，能发人之所未发，实在很不容易。过人的胆略，精巧的构思，生动活泼的语言，使此曲在我国文学史上获得很高的声誉。

范　康

字子安，杭州人。生卒年不详。曾编《杜子美曲江池》杂剧。已佚。现存《竹叶舟》一剧。散曲仅存小令4首，套数1篇，内容均为抒发旷达的情怀。

仙吕寄生草①

长醉后方何碍，不醒时有甚思，糟腌两个功名字，②醅淹千古兴亡事，③曲埋万丈虹霓志。④不达时皆笑屈原非，⑤但知音尽说陶潜是。⑥

【注释】

①[寄生草]句式为三三、七七七、七七。七句五韵，中间三句要用鼎足句。　②糟腌：酒渣浸渍。　③醅：未经过滤的浊酒。　④曲：用以发酵的酒母。　⑤屈原曾说："众人皆醉，而我独醒。"他不肯随波逐流，作者故意说他不识时务。　⑥陶潜喜欢饮酒，《五柳先生传》云："造饮辄尽，期在必醉。"

【品评】

范康留下四首[寄生草]，总题《酒色财气》。这是其中第一首。《尧山堂外纪》误以为白朴所作。全曲七句，俱环绕"酒"字来写。首两句说，只有长醉，方可无碍于人，一切平安；只有不醒，才可精神麻木，什么也不想。表面看来，思想十分颓废。中间三句是全篇警策。本来，功名事业，家国兴亡，雄心壮志，均属正事、大事；而且，从“两个”、“千古”、“万丈”等数目的递增，也可以见出一件事比一件事重要。但是，诗人认为，这一切，都应付之与酒，一醉了事，什么也不用管。喝的酒，也不必好酒，只需是很平常的浊酒、贱酒。可见，他对正事、大事，十分鄙屑。三句中“腌、淹、埋”三字，显示浸渍深浅程度有所区别，而越是正事、大事，酒便浸渍越深，表明诗人对它越是轻视。末两句，嘲笑屈原的迂阔，赞赏陶潜的潇洒，摆出了一副游戏人生的姿态。其实，此曲说的都是反话，是在激愤之余对世道的冷嘲。外表的洒脱不羁，正是愤世嫉俗心情的曲折表现，所以李调元《雨村曲话》评此曲“命意做词，俱臻绝顶”。

曾　瑞

字瑞卿，号褐夫，河北大兴（今北京大兴区）人。生卒年不详。后移居杭州，靠朋友接济为生。《录鬼簿》说他“神采卓异”、“志不屈物”。他写过杂剧《才子佳人误元宵》，亦工画山水。现存散曲112首，题材以闺情为多。

南吕骂玉郎过感皇恩采茶歌①　闺中闻杜鹃

［骂玉郎］无情杜宇闲淘气，②头直上耳根底，③声声聒得人心碎。你怎知，我就里，④愁无际。　［感皇恩］帘幕低垂，重门深闭。曲阑边，雕檐外，画楼西。把春酲唤起，⑤将好梦惊回。无明夜，⑥闲聒噪，厮禁持。⑦
［采茶歌］我儿曾离这绣罗帏？没来由劝我道不如归！狂客江南正着迷，这声儿好去对俺那人啼。

【注释】

①这首南宫的带过曲，由［骂玉郎］、［感皇恩］、［采茶歌］三支曲子组成，它们都不能单独用作小令。［骂玉郎］句式为七五七、三三三。六句六韵。［感皇恩］则为四四、三三三、四四、三三。十句五韵。［采茶歌］为三三七、七七。五句五韵。
②杜宇：即杜鹃。传说蜀王杜宇，失位而死，魂化杜鹃，啼声像说“不如归去”。　③头直上：头顶上。　④就里：心里、内情。
⑤春酲（chéng）：像春天醉酒般醺醺然的心情。　⑥无明夜：即

无明无夜，不管白天黑夜的意思。 ⑦厮禁持：相纠缠。

【品评】

此曲纯以闺中人内心独白的形式表达闺情。杜鹃在歌唱，意味着春意阑珊。春光易逝，好景难再，这自然勾起了闺中少妇对远在江南的丈夫的思念。此曲巧妙之处，在于它不直写少妇对丈夫的感情，只写她指责那勾起她烦愁的杜鹃。曲的首句，没头没脑地说杜鹃“无情”、“闲淘气”，形象地表现出闺中人心烦意乱的情态。跟着，写杜鹃不问场合，不管白天黑夜，处处乱叫，时时乱叫，“声声聒得人心碎”。通过层层铺排以及直露真率的描写，便淋漓尽致地刻画出闺中人的内心世界。结尾四句，是全曲最精警的一笔。作者就“不如归去”的啼声，用少妇的口吻，埋怨杜鹃找错对象，说它不应该向没有离家的闺中人絮聒，而应该啼向那“江南正着迷”的“狂客”。这对杜鹃的指责，出人意外，却合情合理，它更深一层地表达了闺中人盼望丈夫早日归来的心情。李开先《词谑》云：“世称诗头曲尾，又称豹尾，必须急并响亮，含有不尽之意”，他把此曲“我几曾离”几句，划入“豹尾”之列，准确地看到它不同凡响之处。

施　惠

字君美，杭州人。生卒年不详。《录鬼簿》称他“居吴山（今杭州市南）城隍庙前，以坐贾为业”。又说他“诗酒之暇，惟以填词、和曲为事”。传说他是南戏《拜月亭》的作者。散曲仅存套数1篇。

南吕一枝花　咏剑

[一枝花]离匣牛斗寒，① 到手风云助。插腰奸胆破，出袖鬼神伏，正直规模。香檀把虎口双吞玉，② 沙鱼鞘龙鳞密砌珠。③ 挂三尺壁上飞泉，④ 响半夜床头骤雨。⑤

[梁州第七]金错落盘花扣挂，碧玲珑镂玉妆束，美名儿今古人争慕。弹鱼空馆，⑥ 断蟒长途；⑦ 逢贤把赠，⑧ 遇寇即除，比莫邪端的全殊，纵干将未必能如。⑨ 曾遭遇诤朝谗烈士朱云，⑩ 能回避叹苍穹雄夫项羽。⑪ 怕追陪报私仇侠客专诸。⑫ 价孤，世无，数十年是俺家藏物，吓人魂，射人目，相伴着万卷图书酒一壶，遍历江湖。

[尾声]笑提常向尊前舞，醉解多从醒后赎。则为俺未遂对侯把他久担误。有一日修文用武，驱蛮静虏，好与清时定边土。⑬

【注释】

①牛斗：指牵牛、北斗两星。这句说宝剑出鞘，寒光直射斗

牛。 ②香檀把:用香檀木做的把手。虎口双吞玉:指大拇指与小拇指之间的剑把部位,镶嵌着玉。 ③沙鱼鞘:鲨鱼皮做的剑鞘。龙鳞:指鲨鱼皮的斑纹。 ④三尺:指剑,古代剑长三尺。飞泉:形容剑的寒光。 ⑤响半夜床头骤雨:床头的剑半夜像骤雨般鸣响。传说宝剑遇有事则会在匣中发出声响。⑥弹鱼空馆:用战国时冯谖客孟尝的故事,冯谖认为孟尝君对他招待不周,弹剑而歌。歌曰:"长铗归来乎,食无鱼。" ⑦断蟒长途:用汉高祖刘邦的故事。传说他到郦山时,经过大泽。前行的人报告,有大蛇挡路,刘邦那时喝醉了酒,他上前拔剑斩蛇,路就通了。 ⑧逢贤把赠:用春秋时季札赠剑的故事。吴公子季札出使鲁国,路过徐国,徐君很喜欢他的剑,季札心里明白。等到从鲁国回转再经徐国时,徐君已死。季札就解下自己的剑,挂在徐君墓上。 ⑨莫邪、干将:宝剑名,传说为战国时吴人莫邪、干将夫妻所造。端的:确实。 ⑩朱云:汉成帝时为槐里令,为人耿直,曾上书朝廷,说愿借上方宝剑,斩佞臣张禹之头。成帝大怒,要杀他。后感悟赦免。诤:直言劝谏。朝谗:朝廷里的奸谗。 ⑪项羽被刘邦的军队包围,突围后只剩二十八骑。他自知大势已去,仰天长叹:"此天之亡我,非战之罪也!"拔剑自刎。 ⑫专诸:春秋时的侠客。吴国公子光想篡位,蓄养专诸,让他在宴请吴王僚的筵席中,献上鱼脍,鱼腹藏短剑。专诸趁吴王僚不备,以短剑把他刺杀。 ⑬清时:政治清明的时代,此指作者生活的那个年代。

【品评】

这是一篇宝剑篇,它既咏剑,又托物寄意,表达剑主人的胸襟胆略以及磊落不平的情怀。[一枝花]开篇四句,以工整的对偶句式,概括描写宝剑的神威,令人气慑。跟着写剑把,写剑鞘,写它外形的华美,写它剑质的锋利,写它具有半夜鸣响的灵性。经过层层渲染,这支不平凡的宝剑便凸现在读者眼前。

[梁州第七]则主要写这剑的经历，它曾在侠客、英雄、能人、忠臣的手中辗转相传，“逢贤把赠，遇寇即除”，多少年来，它愿意把自己奉献给正义的人和正义的事业，却不愿为愚鲁的匹夫效力。由于此曲所用典故，句句与剑相关，这种反复铺陈却又藏而不露的独特手法，很能表现宝剑的品格。从“数十年是俺家藏物”开始，则写剑的归宿和剑主人公的处境。它和他朝夕相伴，过得逍遥惬意，但淡泊生涯和从前轰轰烈烈的情景，毕竟是大不一样了。[尾声]专写剑主人公的心情。“则为俺未遂封侯把他久担误”，这喟叹为全曲点题。末尾写剑主人的理想与抱负，吐属如虹。此曲在构思上把剑与剑的主人互相映照。写剑，实即写剑的主人。作者把剑的锋利华美写得越充分，就越显出剑主人的雄才大略，也越显出他在现实生活中蹭蹬不遇的可悲。施惠留存下来的散曲，仅此一首。从其布局谋篇之精到，遣词造句之雄俊，足见他是曲坛的高手。《录鬼簿》说施惠“巨目美髯，好谈笑”。了解他豪爽的性格，有助于对《咏剑》格调的理解。

张可久(1280—1348?)

字小山,庆元(今浙江鄞县)人。曾任典史等小吏,还做过昆山县的幕僚。仕途上不很得意。平生好遨游。足迹遍江南各地。晚年居杭州。有《苏堤渔唱》、《小山北曲联乐府》等散曲集。今存小令 800 多首,内容以表现闲逸情怀为主。

黄钟人月圆[①] 春晚次韵[②]

萋萋芳草春云乱,愁在夕阳中。短亭别酒,[③]平湖画舫,垂柳骄骢。一声啼鸟,一番夜雨,一阵东风。桃花吹尽,佳人何在,门掩残红。

【注释】

①黄钟宫的调性,比较适合表现雍容而缠绵的感情。[人月圆]的曲牌来自词牌。北宋王诜词有"人月圆时",故名。句式为七五、四四四、四四四、四四四。十一句四韵。三组四字句,多用鼎足对。 ②次韵:唱和诗词并依原诗用韵次序。③短亭:旧时城外于五里处设短亭,十里处设长亭,是送行饯别的地方。

【品评】

此曲首两句,分别点出春与晚。芳草萋萋,春云缭乱,夕阳笼罩，暮霭凄迷。暗淡的景色表现心情的惆怅，是情景交融的写法。“短亭”三句，是对过去送别情景的回忆。那时，举杯送行，依依惜别，水陆分途，各奔前程。曲中逐一指出湖、船、柳、马，历历在目，以此表明思念之深。“一声啼鸟”三句，既是春晚实景，又使意境深化。啼鸟声打断了诗人的沉思，使他从迷惘中回到现实，而春夜的风雨，也是分别以后所经历的人生波折的写照。结尾三句，顺着风吹雨打的描写，化用唐代崔护“去年今日此门中，人面桃花相映红，人面不知何处去，桃花依旧笑春风”的诗意，抒发离愁别恨。“佳人不见”，正是作者在春晚时分愁思起伏的原因。此曲以写景见长，景语又是情语，而所写的眼前景物，多与故实相关，显得典雅工丽，倍能体现缠绵委婉的情味。《词征》评此曲“丰约中度，旋复回环”，此论颇是。它在表达情感时注意分寸，描写景色时又注意前后映照，应属散曲中的精品。

中吕山坡羊　闺思

云松螺髻，[①]香温鸳被，掩春闺一觉伤春睡。柳花飞，[②]小琼姬，[③]一声“雪下呈祥瑞”。[④]团圆梦儿生唤起。谁，不做美？呸，却是你！

【注释】

①云松螺髻：螺形地发髻松乱了。云：指女性乌黑卷曲的头发。　②柳花：《世说新语·语言》载，晋代谢安在下雪时问子侄辈：“大雪纷纷何所似？”侄儿谢朗回答：“撒盐空中差可拟。”侄女谢道韫说：“未若柳絮因风起。”后来人们以柳絮比喻

雪花。 ③小琼姬：指美丽的小丫鬟。 ④我国民间认为大雪兆丰年，称雪为瑞雪。

【品评】

这是一幅闺中生活的剪影。首两句写少妇的睡态。螺髻、鸳被，表明这是一位已婚的女性；云松、香温，表明她正睡得香甜。第三句连下两个“春”字，强调这特定的时序。在万物昭苏的春天，她倒是深锁闺中，掩门酣睡，慵倦的体态和空虚的心态，与春天显得多么不协调。“柳花飞”四句，写少妇被小丫鬟吵醒的情态。春天，柳絮因风，像雪花那样漫天飞舞。天真烂漫的丫鬟以为下雪，一声欢叫，冷不防惊醒了少妇的好梦。“团圆梦”三字，说明梦的内容，也暗示她眼下形单影只，只能在梦中和夫婿相聚。末四句写她梦醒的神态。悠然而醒，梦境难寻，她一肚子不高兴；稍一定神，发现不作美者原来是无知的小丫鬟。这一来，除了懊恼，实在又无可奈何。《艺苑卮言》说这几句是“情中俏语”，的确，作者以口语入曲，把少妇伤春的神韵描画得栩栩如生。唐代金昌绪有《春怨》一诗：“打起黄莺儿，莫教枝上啼，啼时惊妾梦，不得到辽西。”写思妇担心好梦会被惊破。此曲则写思妇的好梦忽被惊破，并以一位连雪花、柳絮也搞不清，更不懂得什么叫做伤春的小丫鬟与少妇作反衬，产生了戏剧性的效果。这一写法，充分发挥了散曲穷形尽相之所长。

越调凭栏人[①] 江夜

江水澄澄江月明，江上何人挡玉筝？[②]隔江和泪听，满江长叹声。

【注释】

①[凭栏人]四句四韵。句式为七七、五五。　②搊(chōu)：以五指抽弹。筝：一种弦乐器。

【品评】

江上听琴，水声乐韵，最易引人遐想。此曲先写月夜江景，水月映照，空灵明净，使人感受到澄澈宁谧的气氛。在月色中，不知是谁弹起玉筝，打破四周的寂寥，添增了神秘幽婉的韵味。第三句则从听筝人的神态，以背面傅粉的艺术手法，烘托筝声所表达的哀伤感情。第四句写江涛澒洞，它像是被筝声勾起的深沉的叹息。这样的写法，又把感伤之情推进一步。此曲每句不离"江"字，对江的具体描写也不多，倒是通过那哀婉的筝声，让读者想象并领略江夜的意蕴。据《太和正音谱》卷首"善歌之士"条载："善歌者蒋康之，于癸未春，渡南康，夜泊彭蠡之南。其夜将半，江风吞波，山月衔岫，四无人语。康之叩舷而歌'江水澄澄江月明'之词，湖上之民，莫不拥衾而听；推窗出户，是听者杂合于岸。少焉，满江如有长叹之声，自此声誉愈远矣。"这段文字，可以帮助我们玩味此曲的神韵。

正宫醉太平①　叹世

人皆嫌命窘，谁不见钱亲？水晶环入面糊盆，才沾黏便滚。文章糊了盛钱囤，②门庭改做迷魂阵，③清廉贬入睡馄饨。④葫芦提倒稳。

【注释】

①[醉太平]又名[凌波曲],八句八韵。句式为四四七四、七七七四。首二句须对。五、六、七句为鼎足对。 ②文章糊了盛钱囤:意指把文章作为发财的手段。盛钱囤:盛钱的筐。③迷魂阵:指坑害人的陷阱。 ④睡馄饨:比喻软糊糊的样子,站不起来。

【品评】

《涵虚子论曲》提到张可久时,指出他的作品“清而且丽,华而不艳,有不吃烟火食气。真可谓不羁之材”。若就张可久散曲的总体风格而言,这话不错,但说他不吃人间烟火,则显属偏颇。此曲标题为叹世,表现出愤世嫉俗的入世情感。而且笔锋尖利,嬉笑怒骂,自成一格。这说明张可久散曲的格调虽以清丽为主,却也有辛辣谐谑的一面。“人皆嫌命窘,谁不见钱亲”两句,把人世间温情脉脉的面纱戳穿,开门见山地把全曲主题和盘托出。三、四句形象地写“见钱亲”的模样,作者以水晶环坠入面糊盆,变得一塌糊涂,比喻即使是纯洁的人,见了钱也立即沾黏上它,一起同流合污。五、六、七句是鼎足对,三句分写世人“见钱亲”所产生的三种丑恶后果:济世致用的文章成了敛财的工具,显赫的家世成了骗取钱财的圈套,清廉的品德被贬为愚蠢无能的软蛋。总之,才学、家声、品德,原来最受人重视,而在“见钱亲”的现实生活中,其价值完全被颠倒,甚至成为弄虚作假、为非作歹的资本。最后一句,以反话作结。作者表示,难得糊涂,在污浊的人间,对人对事,混沌糊涂,最为稳妥。这幽默的态度,其实是用以掩饰内心的愤懑。此曲以口语俗语写俗世浊事,形式和内容得到很好的结合。

南吕一枝花　湖上晚归

长天落彩霞，远水涵秋镜，花如人面红，山似佛头青。[1]生色围屏，[2]翠冷松云径，嫣然眉黛横。但携将旖旎浓香，[3]何必赋横斜瘦影。[4]

［梁州］挽玉手留连锦英，[5]据胡床指点银瓶，[6]素娥不嫁伤孤另，[7]想当年小小，[8]问何处卿卿？东坡才调，西子娉婷，总相宜千古留名。[9]吾二人此地私行，六一泉亭上诗成。[10]三五夜花前月明，[11]十四弦指下风生。[12]可憎，[13]有情，捧红牙合和《伊州令》。[14]万籁寂，四山静，幽咽泉流水下声。[15]鹤怨猿惊。

［尾］岩阿禅窟鸣金磬，[16]波底龙宫漾水精，[17]夜气清，酒力醒；宝篆销，玉漏鸣。[18]笑归来仿佛二更，煞强似踏雪寻梅灞桥冷。[19]

【注释】

①佛头青：深青色。　②生色围屏：指周围的山像屏风，色彩鲜明。　③携将：携带。旖旎：娇柔美丽。　④横斜瘦影：指梅花。典出林逋《山园小梅》“疏影横斜水清浅，暗香浮动月黄昏”。　⑤锦英：鲜花。　⑥胡床：交椅。银瓶：指银制的酒瓶。⑦素娥：即嫦娥。传说她吃了灵药，飞上月宫，成为仙子。后世多以嫦娥喻美人。孤另：孤零。　⑧小小：即苏小小。南齐时杭州名妓，西湖旁边有她的墓。　⑨“东坡才调”三句：化用苏轼《饮湖上初晴后雨》“欲把西湖比西子，淡妆浓抹总相宜”的诗意。　⑩六一泉：在西湖孤山，是苏轼为纪念六一居士欧阳修

而命名的。 ⑪三五夜：指十五月圆之夕。 ⑫十四弦：一种弦乐器。 ⑬可憎：可爱。 ⑭红牙：红色檀木制的拍板。合和：伴奏。《伊州令》：曲调名。 ⑮形容琴声。白居易《琵琶行》诗："幽咽泉流水下滩。" ⑯岩阿：山岩幽曲之处。禅窟：指佛寺。 ⑰水精：水晶。 ⑱宝篆销：结成篆文的薰香，经过点焚，烟气渐消失。玉漏：珍贵的古代计时工具。 ⑲煞强似：胜过。灞桥：在陕西长安东南。踏雪寻梅：用唐代诗人孟浩然的故事，据说他雪天骑着驴子到灞桥玩赏梅花，显得清高幽雅。

【品评】

张可久长期生活在杭州，散曲多以湖边景色为题材。如[红绣鞋]春日湖上、西湖雨，[水仙花]西湖秋夜，[阅金经]湖上寒食等曲，各有特色，其中最受人称誉的，就是这套《湖上晚归》。明代李开先、沈德符均把它和马致远的[双调夜行船]套《秋思》相提并论。说是"古今绝唱"、"一时绝唱"。此曲的[一枝花]，着重写黄昏时分的湖光山影，在绚烂明丽、清幽绝伦的景色中，与女伴携手同行，诗意盎然。湖的美，人的美，交相辉映。"但携将旖旎浓香，何必赋横斜瘦影"，把携美人与赋梅花相比，认为恣情地享受胜于高雅地归隐，这是全曲的核心思想所在。[梁州]写在湖边携美人行乐、看花、饮酒、吟诗、赏月、听乐的情景。在这良辰美景之中，拥有醇酒美人，占尽诗情画意，似乎人间之乐无过于此。曲中提到当年名妓苏小小，既切合湖边景色，也指明了"吾二人此地私行"的另一个人的身份。[尾]曲写在湖边玩到深夜。那时月落波心，萧寺钟鸣，更阑酒醒，才尽欢归去。曲末两句，说风流生活胜过孟浩然的风雅生涯，又一次透露这及时行乐的韵事，其实也是一种避世的方式。整套曲，通过写景物的变化，表明诗人在湖上从黄昏玩到深夜。他惬意而来，惬意而归，逸畅欢快的心情与宁静幽雅的湖景交融在一起，构成了高雅的情趣。值得注意的是，此套曲文或巧妙地运用典故，或化用前人诗词，圆熟自然，恰到好处，显得文采斐然。李开先在《词谑》中说张可久"炼成万转金铁躯"，正是十分赞赏他能把俊词丽句熔诸一炉，形成自己清劲风格的能力。

乔　吉(1280—1345)

字梦符，号笙鹤翁，又号惺惺道人，山西太原人。流寓杭州，一生穷愁潦倒，寄情诗酒，故散曲多啸傲山水和青楼调笑之作。现存杂剧《两世姻缘》等 3 种，小令 209 首，套数 11 篇。人们对他的散曲评价很高。刘熙载在《艺概》中称他为“曲中翘楚”。

中吕满庭芳[①]　渔父词

秋江暮景，胭脂林障，翡翠山屏。几年罢却青云兴，[②]直泛沧溟。[③]卧御榻弯的腿痛，[④]坐羊皮惯得身轻。[⑤]风初定，丝纶慢整，[⑥]牵动一潭星。

【注释】

①[满庭芳]一名[满庭霜]。句式为四四四、七四、七七、三四五。十句九韵。　②青云兴：做官的兴头。　③沧溟：指海。④卧御榻弯的腿痛：此句化用严子陵和汉光武帝同卧御榻的故事。他两人一起谈天叙旧，累了就一起躺在龙床上，弯得腿痛。御榻：皇帝的床。　⑤坐羊皮：严光隐逸时，常披着羊皮裘垂钓。惯：娇纵。　⑥丝纶：钓丝。

【品评】

乔吉写了渔父词二十首，这是原曲的第十六首。以渔父为题材的作品，一般写得萧疏飘逸，这首却在恬淡中透出豪俊不凡之气。开首三句，写秋天傍晚江边的景色。红的枫林，绿的峰峦，相映成趣。诗人用胭脂、翡翠等艳丽字眼，形容幽雅的环境，倒透露出他入世颇深未能脱俗的心态。“几年罢却青云兴”两句，是对过去生活的回顾。诗人承认有过青云之兴，有过仕宦求官的抱负，只是后来把它抛却，回到大自然的怀抱中。这一进一退，显示出对人生态度的转变。“卧御榻”两句，是对目前生活的感受，诗人化用严光的典故，实际上也是以严光自比。“卧御榻”比喻享受最高礼遇，但拘谨局促，不是滋味，“坐羊皮”比喻笑傲江湖，无官一身轻，乐得自由自在。末三句正面写渔父在江边垂钓的神态，“牵动一潭星”，气势飞动，意境开阔。是景语，却又语带双关，它展现出渔父的情怀胸襟。古人以执掌丝纶与掌管朝政联系起来。渔父垂钓，牵动水影中的星斗，心境的豪逸可以想见。全曲酣写隐逸者乐于避世实又不甘寂寞的内心矛盾。同时，把典故与俗语糅合在一起，于典雅中有天籁，于婉丽中有洒脱，充分显现作者在艺术上的成熟。

双调折桂令　荆溪即事[①]

问荆溪溪上人家：为甚人家，不种梅花？老树支门，荒蒲绕岸，苦竹圈笆。庙不灵狐狸漾瓦，[②]官无事乌鼠当衙。[③]白水黄沙，倚遍阑干，数尽啼鸦。

【注释】

①荆溪：地名，在江苏宜兴。　②漾瓦：抛掷瓦片。③官：指衙门。

【品评】

荆溪是江南胜地，宋代梅尧臣曾有著名的《东溪》一诗，写到荆溪的景色："野凫眠岸有闲意，老树著花无丑枝"；"短短蒲茸齐似剪，平平沙岸净于筛。"清雅绝伦，令人神往。乔吉此曲也写荆溪，但他看到的是另一种景象。起首三句，问得奇特。按传统的审美观念，梅花是高洁的象征，问荆溪何事不种梅花，这是从反面表现它景色的芜秽。"老树支门"三句，老树、荒蒲、苦竹三组形象，连迭而出，从几个角度渲染荆溪的荒凉粗陋。"庙不灵"两句，是让读者把视线集中到庙宇官衙这些本来是热闹圣洁的地方。现在，这里一片死寂，只有狐狸鼠鸟在胡作非为。这景况，既概括地展示荆溪的破败，也启发人们对当时政局的联想。"白水黄沙"三句，以凄迷空廓的全景，映照诗人的心境。末句"数尽啼鸦"化用秦观"寒鸦数点，流水绕孤村"诗意，表现出惆怅失落之情。此曲与梅尧臣诗，都写到老树、蒲苇、平沙、野水等形象，但给人的感受却完全不同。两相比较，可以窥见乔吉对现实生活的态度。

双调水仙子[①] 寻梅

冬前冬后几村庄，溪北溪南两履霜，树头树底孤山上。[②]冷风来何处香？忽相逢缟袂绡裳。[③]酒醒寒惊梦，笛凄春断肠。淡月昏黄。

【注释】

①[水仙子]又名[凌波仙]、[凌波曲]、[湘妃怨]等。句式为七七、七五七、三三四。八句七韵。 ②孤山：在杭州西湖

中,山上梅花很多。北宋时的林逋酷爱梅花,隐居于此。
③缟袂:白绢做的衣袖。绡裳:薄绸做的裙。

【品评】

梅花是高洁的象征,古人踏雪寻梅,意味着对高尚品格的追求。此曲入手三句,即从“寻”字落笔。“冬前冬后”,写寻找时间之长,“几村庄”写寻找地域之广。“溪北溪南”与“树头树底”两句则写从山下找到山上。作者极写寻梅之勤,寻梅之艰,正表明爱梅之心切。“冷风来何处香”两句,是意外地发现了梅。先写嗅到梅的香气,后写看到梅的姿容,配合着“何处”、“忽相逢”的点染,层次分明地表现出寻梅时从犹豫到惊喜的神态。最后三句,化用三个典故,曲折地表达寻见梅花后的心情。“酒醒寒惊梦”,是写所见梅花的美。据《龙城录》载,隋代赵师雄过罗浮山,遇一白衣女子,对饮甚欢。酒醒后发觉自己躺在白梅树下。承上文“缟袂绡裳”,诗人在美丽的白梅面前,觉得自己也像赵师雄那样醉心惬意。不过中间着一“寒”字,便透露出一丝怅惘。“笛凄春断肠”,则承“寒”字落墨。李白曾有诗“黄鹤楼前吹玉笛,江城五月落梅花”。诗人也想到春景不能常驻,梅花不能常开,理想不能常在,美好的事物终将失去,因而在获梅时既是欣喜,又有伤悲。“淡月昏黄”,用林逋“暗香浮动月黄昏”的诗意,既交待寻梅时间,又传出寻梅者寂寞的心绪。此曲环绕着寻梅写情绪的变化,从寻梅的殷切、遇梅的喜悦,到赏梅时的忽感失落,细致入微,含蓄有味。

双调水仙子　重观瀑布

天机织罢月梭闲,石壁高垂雪练寒。冰丝带雨悬霄汉，[1]几千年晒未干。露华凉人怯衣单。[2]似白虹饮涧，玉龙下山，晴雪飞滩。

【注释】

①冰丝带雨:《琅环记》载，传说梁朝沈约在书房里，见一女子，携来织具。忽然风吹雨丝，女子把雨丝织绕成布，送给沈约，告诉他这叫冰丝，跟着便不见踪影。 ②露华:露水。

【品评】

乔吉写过一首《水仙子·乐清白鹤寺瀑布》。美丽的景色，观之不足，再看一番，瀑布雄伟的气势使他感受更深。此曲纯以夸张的笔墨描绘瀑布。前四句把瀑布想象为天上织成的布。天为机，月为梭，是形容瀑布的奇;垂石壁，悬霄汉，是形容瀑布的高;雪练、冰丝是比喻瀑布的颜色，而“几千年晒未干”，则抓住了瀑布似是布实是水的特点，其构思之巧，令人叫绝。“露华凉人怯衣单”，从观瀑者感觉的角度写瀑布。瀑布凉意飕飕，使人怵怯。人的感受和神态，便反衬出瀑布的气势。经过这一句的顿挫，作者让三个音节响亮、形象雄奇的排句，由“似”字领起，一口气倾泻而出。那“白虹饮涧，玉龙下山，晴雪飞滩”想象力极为丰富的比喻，把瀑布奔腾飞动的神韵和壮丽奇特的景象表现得淋漓尽致。朱权在《太和正音谱》中说:“乔梦符之词，如神鳌鼓浪，若天吴跨神鳌，噀沫于大洋，波涛汹涌，有截断众流之势。”此曲所展现的浪漫主义的特色，反映了乔吉创作风格的一个方面。

双调折桂令　丙子游越怀古[1]

蓬莱老树苍云，禾黍高低，[2]狐兔纷纭。半折残碑，空余故址，总是黄尘。东晋亡也再难觅个右军，[3]西施去也绝不见甚佳人。[4]海气长昏，啼鴂声干，[5]天地无春。

【注释】

①丙子：元朝至元二年，即1336年。越：今江浙等地。在丙子的六十年前，元兵攻破杭州，江浙沦陷，宋亡。 ②禾黍：过去指宫殿变为田野，长着禾黍等作物，比喻兴亡。 ③右军：晋代大书法家王羲之，会稽人，官右军将军。曾在会稽山阴的兰亭，和朋辈雅集。 ④西施：越国的美女，越王把她献给吴王夫差。越灭吴后，大夫范蠡携西施离去。 ⑤鴂(jué)：杜鹃。

【品评】

越，曾经是民康物阜的地区。可是，当乔吉于丙子游越时，情况大变了。进入他眼帘的，是一派荒凉景象。此曲通过描绘越地所笼罩着的凄厉气氛，表现对人生和历史问题的思考。前三句，从广阔的空间落笔，只见四处云树低迷，地面上尽是那些象征着改朝换代的庄稼；野狐狡兔，出没于曾经是六代繁华金粉之地的废墟上。跟着，作者把视点收拢到半折残碑和断瓦颓垣上面，那些经历过盛衰的遗物，成了历史的见证。“总是黄尘”一句，总摄题旨。作者说一切事物，包括历史，都逃不过灰飞烟灭的命运。这既是对景物的概括，也是对人生的喟叹，情调十分悲凉。进一步，举出两个历史人物作为印证：右军、西施，才俊卓绝，但终成尘土。最后三句，是怀古之余对整个时代氛围的感受。海气迷漫，阴霾郁塞是目之所见；杜鹃啼血，声枯力竭是耳之所闻；天地无春，一切失去了希望，是对现实的总的评价。一句比一句凄厉，令人不忍卒读。

刘时中（？—1324？）

名致，号逋斋，石州宁乡（今山西中阳）人。少时随父到广东。其后到湖南、江西等地当地方官。官至翰林待制、浙江行省都事。《全元散曲》收录其小令74首、套数4篇。一说元代有两个刘时中，写《上高监司》的是另一个潦倒文人。

双调雁儿落带得胜令　送别

［雁儿落］和风闹莺燕，丽日明桃杏。长江一线平，暮雨千山静。　　［得胜令］载酒送君行，折柳系离情。梦早思梁苑，花时别渭城。①长亭，咫尺人孤另；愁听，阳关第四声。②

【注释】

①渭城：即陕西咸阳。古代诗词中用以泛指送别的地方。　②阳关第四声：语出白居易《对酒五首》“相逢且莫推辞醉，唱到阳关第四声”。诗中注明：第四声即指王维《渭城曲》中的“劝君更尽一杯酒，西出阳关无故人”。

【品评】

此曲写送别朋友的情和景。前四句写送行时景色。前一联是近景，那是一派和风拂煦、莺燕争春、丽日晴空、繁华满眼的风光。联中的“闹”字、“明”字，令境界全出，极写春天温暖明媚，生机勃勃。后一联是远景，放眼长江，平如一线，雨后群山，在夜色中莽莽苍苍。此联涵盖江、山，对举平、静，境界宁谧而壮阔。江南美景，便在远与近、大与小景色的搭配中，得到充分的展现。后八句是别情。“载酒送君行，折柳系离情”，实写握手临岐的情况，“梦里思梁苑，花时别渭城”，从推知别后思念之深，表现送行时的难分难舍，结句则从视觉和听觉方面引起的感受，写分别时心境的惆怅。这八句，虚实结合，腾挪跌宕，很能传达与挚友分别时内心的苦恼。从总体上看，此曲极写江南景色的绚丽明媚，使之与送别者黯然魂销的心情作反衬，颇能起到“以乐境写哀，以哀境写乐，一倍增其哀乐”（王夫之语）的艺术效果。

正宫端正好　上高监司[①]

[端正好]众生灵遭魔障，[②]正值着时岁饥荒。谢恩光拯济皆无恙，[③]编做本词儿唱。

[滚绣球]去年时正插秧，天反常，那里取若时雨降？旱魃生四野灾伤！[④]谷不登，麦不长，因此万民失望，一日日物价高涨。十分料钞加三倒，[⑤]一斗粗粮折四量。[⑥]煞是凄凉。

[倘秀才]殷实户欺心不良，停塌户瞒天不当，[⑦]吞象心肠歹伎俩：谷中添秕屑，[⑧]米内插粗糠，怎指望他儿孙久长！

[滚绣球]甑生尘老弱饥，[⑨]米如珠少壮荒。有金银

那里每典当?[10]尽枵腹高卧斜阳。[11]剥榆树餐，挑野菜尝，吃黄不老胜如熊掌，[12]蕨根粉以代糇粮。[13]鹅肠苦菜连根煮，[14]荻笋芦莴带叶哇。[15]则留下杞柳株樟。

[倘秀才]或是捶麻柘稠调豆浆，[16]或是煮麦麸稀和细糠，他每早合掌擎拳谢上苍。[17]一个个黄如经纸，[18]一个个瘦似豺狼，填街卧巷。

[滚绣球]偷宰了些阔角牛，盗斫了些大叶桑。遭时疫无棺活葬，贱卖了些家业田庄。嫡亲儿共女，等闲参与商，[19]痛分离是何情况?乳哺儿没人要撇入长江。那里取厨中剩饭杯中酒，看了些河里孩儿岸上娘，不由我不哽咽悲伤!

[倘秀才]私牙子船湾外港，[20]行过河中宵月朗，则发迹了些无徒米麦行。[21]牙钱加倍解，[22]卖面处两般装。[23]昏钞早先除了四两。[24]

[滚绣球]江乡相，有义仓，[25]积年系税户掌。[26]借贷数补搭得十分停当，[27]都侵用过将官府行唐。[28]那近日劝粜到江乡，[29]按户口给月粮，富户都用钱买放，[30]无实惠尽是虚桩。[31]充饥画饼诚堪笑，印信凭由却是谎，[32]快活了些社长知房。[33]

[伴读书]磨灭尽诸豪壮，[34]断送了些闲浮浪。[35]抱子携男扶筇杖，[36]尪羸伛偻如虾样，[37]一丝游气沿途创，[38]阁泪汪汪。

[货郎]见饿莩成行街上，[39]乞丐拦门斗抢，便财主每也怀金鹄立待其亡。[40]感谢这监司主张，似汲黯开仓。[41]披星带月热中肠，济与粜亲临发放;见孤孀疾病无皈向，[42]差医煮粥分厢巷，更把赃输钱分例米多般儿区处的最优长。[43]众饥民共仰，似枯木逢春，萌芽再长。

［叨叨令］有钱的贩米谷置田庄添生放，[44]无钱的少过活分骨肉无承望；有钱的纳宠妾买人口偏兴旺，无钱的受饥馁填沟壑遭灾障。小民好苦也么哥，小民好苦也么哥！便秋收鬻妻卖子家私丧。

［三煞］这相公爱民忧国无偏党，[45]发政施仁有激昂。恤老怜贫，视民如子，起死回生，扶弱摧强。万万人感恩知德，刻骨铭心，恨不得展草垂缰！[46]覆盆之下，[47]同受太阳光。

［二］天生社稷真卿相，才称朝廷作栋梁。这相公主见宏深，秉心仁恕，治政公平，莅事慈祥。[48]可与萧曹比并，[49]伊傅齐肩，[50]周召班行。[51]紫泥宣诏，[51]花衬马蹄忙。[53]

［一］愿得早居玉笋朝班上，[54]伫看金瓯姓字香。[55]入阙朝京，攀龙附凤，[56]和鼎调羹，[57]论道兴邦。受用取貂蝉济楚，[58]衮绣峥嵘，[59]珂佩丁当。[60]普天下万民乐业，都知是前任绣衣郎。[61]

［尾声］相门出相前人奖，官上加官后代昌。活彼生灵恩不忘，粒我烝民德怎偿！[62]父老儿童细较量，樵叟渔夫曾论讲。共说东湖柳岸旁，那里清幽更舒畅，靠着云卿苏圃场，[63]与徐孺子流芳挹清况。[64]盖一座祠堂人供养，立一统碑碣字数行，[65]将德政因由都载上，使万万代官民见时节想。

【注释】

①监司：监察州郡的官。高监司可能指侍御史高昉。

②魔障：佛家语，灾难。　③恩光：犹言恩德。　④旱魃(bá)：旱神。　⑤十分料钞加三倒：意思是货币贬值。十足的钞票兑

换米粮时要加三计算。料钞,元代的钞票;倒,兑换。 ⑥一斗粗粮折四量:买一斗米,要扣去四升。折四量,打四折计算。⑦停塌户:囤积居奇的粮户。 ⑧秕:不饱满的谷粒。 ⑨甑(zhèn):做饭的瓦锅。 ⑩那里每:向哪里去。每,语气词。⑪枵(xiāo)腹:空着肚皮。 ⑫黄不老:疑即黄檗,果实与皮俱可食。 ⑬蕨:草本植物,根多淀粉,可食。糇粮:干粮。⑭鹅肠:一种野菜,即繁缕。苦菜:又称荼。 ⑮荻、芦:荻和芦都是水边生的草本植物。哇(zhuāng):咽,吞吃。 ⑯麻柘(zhè):木本植物,果实如桑椹。 ⑰合掌:双手合着手掌行礼。擎拳:拱手。 ⑱经纸:佛教徒抄经用的纸,纸是黄色的。⑲等闲参与商:轻易便分离的意思。参、商,均为星名,一出一没,永远不能同时出现在天幕上。 ⑳私牙子:走私贩子。㉑无徒:无赖。 ㉒牙钱:佣金。解:交付。 ㉓卖面处两般装:疑从俗语"两头白面"变化而来,两边装糊涂,两面讨好的意思。 ㉔昏钞:破烂的钞票。除了四两:扣了四成。 ㉕义仓:救灾的粮仓。 ㉖积年:历年。税户:纳税的富户。 ㉗补搭:补救,这里有遮掩的意思。停当:妥当。 ㉘行唐:搪塞。㉙劝粜:指官府派员平价卖粮。 ㉚买放:买通门路。 ㉛虚桩:虚假的事情。 ㉜印信:图章。凭由:单据证明。 ㉝知房:族长。 ㉞磨灭:折磨的意思。豪壮:指年富力强的人。㉟断送:这里的意思是累死、葬送的意思。闲浮浪:指逃荒的人。 ㊱筇(qióng)杖:竹杖。 ㊲尪羸(wāng léi):身体瘦弱。伛偻(yǔ lǚ):驼背。 ㊳一丝游气沿途创:只剩下一口气便到处闯荡。创,同"闯"。 ㊴饿莩(piǎo):饿死的人。 ㊵鹄(hú)立:像天鹅般伸着脖子站着。 ㊶汲黯开仓:汲黯,汉朝人,曾巡视河内(今河南省黄河以北一带),见人民受灾,便开粮仓赈济饥民。 ㊷皈向:归宿,依靠。 ㊸"更把"句:意思是说高监司很好地处理了各种钱粮问题。赃输钱:因赃归公的钱;分例米:按规定应分得的一份米粮。区处:处理。 ㊹生放:放债，放高利贷。 ㊺无偏党：不偏私，不搞小圈子。 ㊻展草垂缰：像犬马般报恩的意思。展草：据《搜神记》载：三国时，李纯信醉卧草地。草地起火，其爱犬跳入水沟，沾水湿地以救主。垂缰，据《异苑》载：十六国时，前秦苻坚战败失足落水，其马跪前足，垂下缰绳，让苻坚抓住爬上。 ㊼覆盆：比喻政治黑暗。㊽莅事：临事。 ㊾萧曹：指汉代名相萧何及曹参。 ㊿伊傅：指殷代名相伊尹及傅说。 51周召：指周代名相周公旦及召公奭。 52紫泥宣诏：指被皇帝下诏书召见。古代皇帝诏书用紫泥封印。 53花衬马蹄忙：比喻春风得意，前人有“春风得意马蹄疾”、“踏花归来马蹄香”等诗句。 54玉笋朝班：比喻由出类拔萃的才俊组成的朝班。官员上朝时排列的队伍叫朝班。55伫看金瓯姓字香：这是期望着高监司即将受到重用的意思。金瓯，金制的小盆。唐太宗任命崔琳作宰相时，曾用金瓯把崔的名字盖着。 56攀龙附凤：指接近皇帝。 57和鼎调羹：比喻治理国家。 58貂蝉：汉代高官所戴的帽子，上有貂尾、蝉文。济楚：整齐漂亮。 59衮绣：高官的礼服，绣着卷龙图案的袍子。峥嵘：这里指出众的意思。 60珂佩：玉制的装饰品。61绣衣郎：御史的代称。 62粒我烝民：让百姓有饭吃。粒，米食，这里作动词用；烝民，民众。 63云卿：即南宋隐士苏云卿，他在豫章（今江西南昌）东湖结庐居住，他的园圃，人称苏圃。64徐孺子：名稚，东汉豫章人，品格清高的隐士。挹：接。65一统：一块。

【品评】

刘时中的《上高监司》是元散曲中最长的套数。全文共两套，是作者以散曲形式向高监司献呈的两通说帖。这里所选的是前套。在曲的开头，作者说：“谢恩光拯济皆无恙，编做本词儿唱。”可见本意是要歌颂高监司的德政，但当具体写到高监司拯厄扶危，就不能不如实地反映社会现实。这一来，作者便以淋漓的笔墨向读者揭示了元代人民悲惨的生活面貌。[滚绣球]一曲，由天旱无雨说到缺粮，由缺粮说到灾荒，特别强调物价高涨引起的严重后果。叙述脉络清晰，具有提纲挈领的作用。跟着，作者对饥民痛苦的生活，作了细致的刻画，当时米珠薪桂，人民只好以野菜充饥，“连根煮”，“带叶咗”，活画出灾民饥不择食、狼吞虎咽的形象，曲中又写到有些饥民，为求生存，铤而走险。有些则始而贱卖家产，继而卖儿卖女，卖不去的只好“撇入长江”。作者以饱蘸血泪的笔触，勾勒出一幕幕哀鸿遍野的景象。有关灾情方面，此套以[滚绣球]、[倘秀才]两曲轮番地描述，旋律的反复，有加深读者认识的作用，从[滚绣球]的最后一曲开始，曲式有所变化，内容也以揭露奸商贪吏在灾难中大发横财为主。那些投机商贩，倒卖米粮，而有权有势者则巧夺豪取，把义仓据为己有，作者愤怒地控诉：“殷实户欺心不良，停塌户瞒天不当。”真是一掴一个血痕，充分表现出鲜明的爱憎。值得注意的是，此曲叙述江西的旱灾，着力抓住的是缺水导致缺粮，由缺粮导致“殷实户”、“停塌户”以及“社长知房”之类“乘饥”搜括这一点。这就让人看到，江西人民的灾难，天灾只是诱因，根源在于人祸。作者锐利深刻的眼光由此可见。就艺术风格而言，全套朴实无华，以赋的手法铺陈己见。刘熙载在《艺概·词曲概》中说：“词如诗，曲如赋，赋可以补诗之不足者也。”所谓赋，就是铺陈。此曲汪洋恣肆，叙述时层层展开，又以大量生活口语入曲，很能体现散曲的艺术特点。

薛昂夫

本名薛超兀儿，一作超吾，维吾尔族人。生卒年不详。汉姓马，字九皋，赵孟頫说他是“西戎贵胄”，官至三衢路达鲁花赤。晚年退出官场。散曲多连章之作，意境阔大，独出心裁。现存小令65首，套数3篇。

正宫塞鸿秋①

功名万里忙如燕，②斯文一脉微如线，光阴寸隙流如电，风雪两鬓白如练。尽道便休官，林下何曾见？③至今寂寞彭泽县。④

【注释】

①[塞鸿秋]句式为七七七七、五五七。七句六韵。　②功名万里：用汉班超万里封侯事。班超曾说大丈夫应“立功异域，以取封侯，安能久事笔砚间乎”？　③林下：指山林隐逸的地方。　④彭泽县：陶潜曾为彭泽县令，这里指陶潜。

【品评】

在封建时代，一些人不满现实，或者屈居下僚，往往遁迹山林，以消极、不合作的态度表示对统治集团的抗议。而一些达官贵人，为人表示不恋栈功名富贵，也往往大唱归隐之调，以示清高。有些人甚至以隐逸为名，追求名利，走“终南捷径”。总之，以隐相标榜者，多如过江之鲫。此曲以冷峭的笔锋，一针见血地戳穿了那些大唱“隐逸”高调者的虚伪面目。开首四个排句，是种种“隐者”的论调：有人叹息在万里外谋取功名，奔波劳碌，不如归隐；有人叹息光阴飞逝，年华易老，人生无常，不如归隐；有人叹息世道衰微，礼崩乐坏，不如归隐。“尽道”两句，直用灵彻《东林寺酬韦丹刺史》诗：“相逢尽道休官去，林下何曾见一人。”此曲在“尽道”和“休官”之间，加一“便”字，让那些“隐者”表示立即“休官”，表示心情迫切，于是更显出了虚伪的嘴脸。结句说真正的隐士陶潜，至今仍十分寂寞，因为从来没有人追陪他去作隐士，人们都是说说而已。这幽默的讽刺，使人不禁失笑。王德渊在《九皋诗集序》称：“薛昂夫诗词清秀飘逸，如龙驹奋迅，有并驱八骏，一日千里之想。”此曲也写得结构严整而气势飘逸。在语言运用上，首四句以“如”字连贯，累累如珠，复以“尽道”、“至今”从横纵两个方面总揽，极具血脉流注一气呵成之妙。

双调楚天遥过清江引①

[楚天遥]有意送春归，无计留春住。明年又着来，何似休归去。桃花也解愁，点点飘红玉，目断楚天遥，不见春归路。　　[清江引]春若有情春更苦，暗里韶光度。夕阳山外山，春水渡傍渡。不知那搭儿是春住处。②

【注释】

①[楚天遥]句式为五言八句四韵。[清江引]一名[江儿水]，句式为七五、五五七。五句四韵。这套带过曲，曲调流畅轻快而具有诗词韵味。　②那搭儿：哪儿。

【品评】

薛昂夫有三首[楚天遥过清江引]均写伤春情绪。此曲起首两句即写送春的苦恼。郑重地把春送走，是因为无计把春留住。两句相对成文，正好表现诗人舍不得送春，又不得不送春的矛盾。三、四句是问春，问它何必归去。问得似乎有理，其实没有道理。因为春也不能自主。而这莫名其妙的发问，却表明诗人的惜春情意。五、六句写桃花飘零，点明暮春景色。也是春天无言的回答。它无计留下，可也希望留下，片片落红，宛如愁泪。诗人把春愁拟人化，映照自己的心境，显得迷离恍惚，极富韵味。七、八句是寻春，诗人目送春天的背影，看不见春归何处。这是进一步渲染把春天送走以后心情的索寞。下叠[清江引]，接过寻春话头，翻进一层，说连春天也寻找不到自己的归宿，而时光却在不知不觉中溜走，春心更加惨淡。末三句仍从“寻”字落笔。春天也许到了山外之山、水外之水，诗人彷徨四顾，没有着落，心灵只剩下一片空白。此曲让被送的春与送春者的感情融合在一起，回环反复地抒发，而“春”字又连绵不断地呈现，极尽婉曲流丽之美，使人读来余香满口。

钟嗣成(1279？—1360？)

字继先,号丑斋,汴梁(今河南开封)人,居杭州。屡试不第,遂不屑为官,杜门不出,从事著述。所著《录鬼簿》一书,记述元代作家、作品,是研究元代戏曲和散曲的重要资料。今存散曲小令19首,套数1篇。

正宫醉太平

绕前街后街,进大院深宅,怕有那慈悲好善小裙钗,①请乞儿一顿饱斋,②与乞儿绣副合欢带,③与乞儿换副新铺盖,将乞儿携手上阳台,④救贫咱波奶奶。⑤

【注释】

①小裙钗:小女子、小妇人。 ②饱斋:饱饱地吃一顿施舍的饭食。 ③合欢带:有双穗的绣带,象征男女和合。 ④阳台:男女合欢的地方。 ⑤咱波:语气词,无义。

【品评】

此曲模仿乞儿口吻,写乞儿沿门托钵。他一边讨乞,一边想入非非,他希望碰上一个"小裙钗",既给他吃喝,也供他玩乐。你看他想得多美:那女人首先给他吃得饱饱的,跟着给他穿得好好的,最后和他玩得美美的。结句乞儿呼叫:救贫咱波奶奶,有双关的含义。此曲戏谑色彩十分浓烈,那风流乞儿的形象,实际上是落魄文人的写照。元代知识分子地位卑下,当时有“九儒十丐”之说，一些人不满现实，却又无力反抗，便采取自轻自贱、玩世不恭的态度发泄牢骚。钟嗣成巧妙地把“儒”和“丐”结合起来，既写儒沦为丐的可怜，又写他并不觉得有什么可怜，还在异想天开，盼望有飞来艳福呢！当然，这乞儿的行为十分可笑，但在可笑行为的背面，作者是要透露他不在乎贫贱和蔑视现实生活的情绪。这种寓庄于谐的艺术手法，在元散曲中独具一格。

周德清(1277? —1365)

号挺斋,高安(今属江西)人。宋代著名词人周邦彦的后裔。对音律很有研究。著有《中原音韵》一书,总结北曲用字、用韵等格式上的规律。他创作的散曲,音节流畅,风格清丽。现存小令31首,套数3篇。

中吕满庭芳　看岳王传①

披文握武,②建中兴庙宇,③载青史图书。④功成却被权臣妒,⑤正落奸谋。闪杀人望旌节中原士夫,⑥误杀人弃丘陵南渡銮舆。⑦钱塘路,愁风怨雨,长是洒西湖。⑧

【注释】

①岳王:即宋代抗金名将岳飞,岳飞被害平反后,谥鄂王。②披文握武:兼有文武之才。　③岳飞死后,宋孝宗为这中兴名将建庙。　④青史:史书。古人在青色的竹简上记事,故名。⑤权臣:指秦桧。他以“莫须有”的罪名诬杀岳飞。　⑥“闪杀人”句:意说南宋统治者抛弃中原,偏安一隅,害得中原人民盼望恢复。闪杀人:害死人。旌节:古时朝廷使臣可持地符节。⑦丘陵:指祖宗山坟。銮舆:皇帝的车驾,代指皇帝。　⑧长是洒西湖:岳坟在西湖边。

【品评】

此曲是读岳飞传后的感想,关于岳飞的才能和业绩,已成定论。作者只作总括性的介绍。全曲最精警的两句是："闪杀人望旌节中原士夫，误杀人弃丘陵南渡銮舆。"上句说岳飞一死，人民的希望成了泡影，下句则把矛头指向皇帝。正是那把祖宗陵墓也扔了的皇帝，下旨处决岳飞，贻误国家。与周德清处在同一时代的赵孟頫，在《岳鄂王墓》一诗中也说："南渡君臣轻社稷，中原父老望旌旗。"这表明元代人对岳飞悲剧的认识，已经不是停留在忠奸斗争的问题上。他们看到，最高统治者应对此负责。到明代，文徵明在《满江红》词中写道："念徽、钦一返，此身何属，千载休言南渡错，当时只怕中原复，笑区区一桧有何能，逢其欲。"指出岳飞之死，咎在皇帝，更是目光如炬。咏史之曲，需要切中历史的本质。周德清此曲赞扬民族英雄岳飞，鞭挞秦桧的妒才，揭露皇帝的误国，爱憎分明，褒贬恰当，义正辞严，在元散曲中，像它那样具有正面教育意义的作品，并不多见。

双调折桂令　自嗟

倚蓬窗无语嗟呀，①七件事全无，②做甚么人家。柴似灵芝，油如甘露，米似丹砂。酱瓮儿恰才梦撒，③盐瓶儿又告消乏。茶也无多，醋也无多，七件事尚且艰难，怎生教我折柳攀花！

【注释】

①蓬窗：用蓬草织成的席子遮掩的窗门，形容穷困。②七件事：指柴米油盐酱醋茶。　③梦撒：缺乏。

【品评】

此曲语言质朴流畅，明白如话，却能引起人内心激荡。宋代吴自牧《梦粱录》指出："盖人家每日不可缺者，柴米油盐酱醋茶。"周德清抓住了元代知识分子"七件事全无"这一现实状况，诉说他们缺少人家每日不可或缺的东西，这就把他们的穷愁潦倒形容到十分。出人意外的是，周德清竟把"七件事"用七句话逐件数出，这写法似拙实工，颇能表达出穷士们扳着指头盘算如何过活的神态。加上"做甚么人家"、"怎生教我折柳攀花"等反问句，便把穷愁潦倒的士人激愤困惑的神情揭示无遗。吴梅在《顾曲麈谈》中说："挺斋家况奇窘，时有断炊之虞。戏咏开门七件事[折桂令]云云，其贫可想见也。"确实，正因为周德清对贫穷生活有着深切的感受，才能写出这看似平凡却奇崛之作。此曲与钟嗣成的[醉太平]均以第一人称来写，试把两曲作一比较，便可看出元代贫穷知识分子的不同心态，以及不同作家不同的思想面貌。

周文质(1284? —1334)

字仲彬,原籍建德(今属浙江),后移居杭州,曾为路吏。钟嗣成《录鬼簿》说他学问渊博,性尚豪侠,曾著有杂剧4种。《全元散曲》收录其散曲计小令43首,套数5篇。

越调寨儿令[1]

挑短檠,[2]倚云屏,[3]伤心伴人清瘦影。薄酒初醒,好梦难成,斜月为谁明?闷恹恹听彻残更,意迟迟盼煞多情。西风穿户冷,檐马隔帘鸣。[4]叮,疑是佩环声。[5]

【注释】

①[寨儿令]又名[柳营曲]。句式为三三七、四四五、六六五五、一五。十二句十一韵。 ②短檠:矮的灯座,指灯。③云屏:云母做的屏风。 ④檐马:挂在屋檐下的小铃铛。⑤佩环:玉佩,古代妇女佩戴的玉制饰物。

【品评】

此曲在描绘"意迟迟盼煞多情"的心情时,颇有自己的特色。"挑短檠,倚云屏",写抒情主人公等待恋人,枯坐无聊。他有时剔弄灯芯,有时闲倚屏风。"挑"与"倚"两个动作,是那种坐也不是站也不是神态的表现。"伤心伴人清瘦影",写等待时的孤独。在灯下,只有形影相伴,而连影子也是显得瘦骨伶仃可怜巴巴的,这就烘托出等待者日夜思念的痛苦。"薄酒初醒,好梦难成”两句写等待时的懊恼，借酒浇愁的人，酒醒后再无法去做与恋人相聚的梦，只能是愁上加愁。在这里，诗人注意捕捉酒后初醒头脑恍惚的状态，因为它最能表现寂寞失落的心绪。“斜月为谁明”，写酒醒后视觉的感受。明月斜挂，不理会人间苦恼，只管照着亮着。“为谁明”三字，问得无理，却写出心情的焦灼。接着诗人连续写听到更鼓声、风声、檐马声，强调听觉的感受，是从专注的神情表现思念之深。末句“叮，疑是佩环声”，是酒后的幻觉。诗人利用此曲的一字句式，突出了“叮”的声音，表明听得真切，想得深切，巧妙地写出了殷切期待的心理状态。

贯云石(1286—1324)

原名小云石海涯,号酸斋,又号芦花道人,维吾尔族人。出身将门。善骑射,后弃武学文,被杨维桢誉为“一代词伯”,官至翰林侍读学士,后归隐江南,变名易姓,现存散曲有小令70多首,套数8首,风格豪放中见清逸。后人把他和徐再思的散曲合编为《酸甜乐府》。

正宫塞鸿秋

战西风几点宾鸿至,[①]感起我南朝千古伤心事。展花笺欲写几句知心事,[②]空教我停霜毫半晌无才思。[③]往常得兴时,[④]一扫无瑕疵,[⑤]今日个病恹恹刚写下两个相思字。

【注释】

①宾鸿:从别处飞来的大雁。 ②花笺:印花的信笺。 ③霜毫:毛笔。 ④得兴时:有兴致时。 ⑤一扫无瑕疵:一挥而就,没有毛病。

【品评】

此曲题为“代人作”,其实是要抒发一种说不出的苦恼心情。首句写北雁南风的秋景,“站西风”,指明大雁的一路艰难。“几点”表明雁队的稀稀落落,给人以寥廓萧疏的印象。第二句写触景兴感。时序的变化、冷清的景物,引发了诗人对兴亡的感慨。按此句出于吴激《人月圆》词:“南朝千古伤心事,犹唱后庭花。”面对着日益窳败的现实,在诗人脑海中积淀的历史意识便浮现起来,与悲秋、怀人的愁绪互相缠结。以下各句,均由伤心事而起。第三、四句说想把“伤心事”写给知心人,却又写不出。五、六句是说连自己也奇怪为什么写不出。最后一句说除了挤出“相思”两字以外,什么也写不出。到底那“伤心事”包含着什么内容?为什么他要向人倾诉而无法倾诉?诗人都没有说,他只想描述自己有话难说、有情难诉的心情。这样做,又恰是不写之写,其苦闷困惑、不可名状的心态,就在“写不出”中传出。此曲语言流畅连贯,流动如玉盘之珠;而韵味又极含蓄,很能体现作者爽朗兼具蕴藉的风格。

中吕红绣鞋[①]

挨着靠着云窗同坐,偎着抱着月枕双歌,听着数着愁着早四更过。四更过情未足,情未足夜如梭。[②]天哪!更闰一更儿妨甚么?[③]

【注释】

①[红绣鞋]又名[朱履曲]。句式为六六七、三三五。六句五韵。 ②夜如梭:比喻时间过得飞快。 ③闰一更:延长一个时辰。

【品评】

此曲写男女欢会时的景况和心情,手法大胆泼辣。首两句写这对恋人从挨着靠着到偎着抱着，从同坐到同枕，把他们整夜缠绵炽热的情态描绘得活灵活现。第三句从恋人听着数着更鼓，到愁听更鼓，怕听更鼓，细致地表现出整个心理变化的过程。选用“四更”这天色欲曙未曙、恋人将别未别的时间，也很能表达他们思想的矛盾。以上三句，叠用八个动词、八个衬字，俏皮佻f，生动有趣。四、五两句，用“顶真”的手法，一句顶接一句，渲染恋人春宵苦短、烦躁不安的心情，具有强烈的感染力。末句写恋人用反问的口吻，希望天老爷“更闰一更”。这既是无理又是天真的要求，正好显示他们爱得热烈，爱得真挚。此曲构思新巧，而用语通俗。可见贯云石吸取了民间的养分，接受了民歌的影响。

双调殿前欢①

楚怀王，忠臣跳入汨罗江，②《离骚》读罢空惆怅，日月同光。③伤心来笑一场。笑你个三闾强，④为甚不身心放。沧浪污你？⑤你污沧浪？

【注释】

①[殿前欢]又名[凤将雏]、[小妇孩儿]。句式为三七七、四五三五、四四。九句八韵。 ②指屈原因楚怀王听信谗言，投汨罗江自杀。 ③日月同光：赞美《离骚》的光辉伟大，司马迁在《史记·屈原贾生列传》中说它“与日月争光”。 ④三闾强：三闾，指屈原，他曾作过三闾大夫；强，倔强。 ⑤沧浪：江名，在汉水的下游，古代有清高的隐士在沧浪江洗濯，这里泛指江水。

【品评】

首句以楚怀王三字喝起，气势森然。跟着说“忠臣跳入汨罗江”，直接揭露和控诉历史和社会现实的不平。三、四句是诗人对屈原的景仰和对历史的沉思，种种伤感、迷惑、反思，尽在“空惆怅”三字之中。惆怅之余，又忽省悟。第五、六句说从伤心转为失笑，笑屈原过于固执，活得不够洒脱，不懂得从“忠臣”的硬壳中自我解放身心，落得可悲的下场。末句以问作结：“沧浪污你？你污沧浪？”诗人连对屈原投江也持非议态度，简直是石破天惊，令人不可思议。这样写，表面上荒诞不经，其实对屈原的讥笑，不过是冷峭苦涩的反话，以摆出玩世不恭的姿态蔑视现实，以说屈原不值得为现实牺牲进而彻底否定丑恶的现实。此曲下半首，抑圣为狂，寓曲于笑，能发人之所未发，是全曲最精警之处。朱权《太和正音谱》说作者散曲风格如“天马脱羁”，此曲命意奇诡洒脱，说明作者的思路确是谁也羁缚不住的。

徐再思

字德可，嘉兴(今属浙江)人。生卒年不详。平生好吃糖，故号“甜斋”。曾做过嘉兴路吏，与贯云石、张可久同时。现存散曲有小令103首，内容多是即景抒情和闺情艳情之作。后人把他的作品与贯云石合辑，称《酸甜乐府》，风格以清丽为主。

双调水仙子 夜雨

一声梧叶一声秋，一点芭蕉一点愁，① 三更归梦三更后。落灯花棋未收，② 叹新丰孤馆人留。③ 枕上十年事，江南二老忧，④ 都到心头。

【注释】

①一点：指雨点。 ②灯花：油灯结成花形的余烬。③新丰孤馆：用唐初大臣马周的故事。新丰，在陕西新丰镇一带，马周年轻时，生活潦倒，外出时曾宿新丰旅舍，店主人见他贫穷，供应其他客商饭食，独不招待他，马周要酒一斗八升，悠然独酌。 ④二老：指年老的双亲。

【品评】

游子思家之作，在传统诗歌中是屡见不鲜的。此曲开首以鼎足对表达羁旅的惆怅，音调错落和谐。说一声铜叶、一点芭蕉，即意味着一声秋意、一点愁思，而桐叶声声，蕉雨滴淅，则秋意无边，愁思无限的意蕴可以想见。曲中以最少的数词，却能包含着最大的容量，耐人寻味。这三句，又连用几个相同的数词和量词，使音节收得很紧，它正好表现忐忑难安的心情。所以，《艺苑卮言》说它是“情中紧语”；《雨村曲话》则说它“人不能道”。第四句写归梦忽醒，回到了独宿客舍的现实情景。此句由宋代赵师秀的名句“有约不来过夜半，闲敲棋子落灯花”脱化而来。残棋未收，灯花已落，是从侧面刻画思乡者梦前以棋解闷，梦后独对孤灯百无聊赖的神态。第五句联系马周遭遇，直接抒发对穷愁潦倒生活的不满。最后三句，则把在孤馆中心潮澒洞的具体内容作最概括的表达。游子思亲、思妻，他仿佛看到和妻子在枕上喁喁细语的景象，看到双亲为他担惊受怕的面容。此曲把游子思绪刻画得细致入微，颇具典型意义。

双调折桂令　春情

平生不会相思，才会相思，便害相思。身似浮云，心如飞絮，气若游丝。空一缕余香在此，盼千金游子何之，[1]症候来时，[2]正是何时？灯半昏时，月半明时。

【注释】

①千金游子：用“千金之子，坐不垂堂”的成语，说明游子身份的尊贵。何之：哪里去了。　②症候：病状。

【品评】

此曲写得真挚自然，纯乎天籁。题目为春情，写的是少女的恋情。首三句说少女害了相思病，不能自拔，感情波澜起伏。三、四、五句写少女相思的病状，用浮云、飞絮、游丝比喻她病得魂不守舍，恍惚迷离，十分贴切。六、七句写病因，游子一去，徒然留下一缕余香，彼此没法相见，只有望穿秋水地盼望。最后两句点出相思病最难捱的时刻，灯半昏，月半明，夜已阑。半明半暗的光景，最能勾起相思之苦。这意境与李清照《声声慢》词所写“乍暖还寒时候，最难将息”相近。此曲押韵有其特色，开头处连用“思”字三次，结尾处连用“时”字四次。连环重叠，写法大胆而自然，颇得本色之趣。徐再思擅长写相思之情，他另有一曲《清江引・相思》说：“相思有如少债的，每日相催逼”，也写得真率坦诚，不假辞藻而墨花四照，与这首[折桂令]异曲同工。所以，《坚瓠壬集》卷三说这两曲“得其相思三昧”。

双调折桂令　江淹寺[①]

紫霜毫是是非非，[②]万古虚名，一梦初回。[③]失又何愁，得之何喜，闷也何为？落日外萧山翠微，[④]小桥边古寺残碑。文藻珠玑，醉墨淋漓。何似班超，投却毛锥。[⑤]

【注释】

①江淹：南朝人，历仕宋、齐、梁三代，梁时官至金紫光禄大夫，以辞赋名于世。　②紫霜毫：指笔。　③一梦：传说江淹曾在治亭梦见有人向他索回五彩笔，从此文思便枯竭了。　④萧山：在今杭州以东。翠微：青翠的山色。　⑤“何似班超”两句：班超是东汉时人，初为书吏，曾投笔喟叹，大丈夫应立功报国，遂率领三十六人出使西域，被封为定远侯。毛锥：指笔。

【品评】

徐再思才华出众，可是终生淹蹇，满腹牢骚。此曲借凭吊江淹寺慨叹文章的无用，写得深沉蕴藉，颇足发人深省。首三句说江淹以生花妙笔，臧否人物，品评文章，博取了虚名，可是冶亭一梦，一切成了泡影。这就把江淹一生概括净尽，也给古往今来以文章换取浮名的文士以当头棒喝。接下三句，既就江淹得笔、失笔而言，也就千古文士功名得失而言，有一石二鸟之妙。七、八句忽然放开，写江淹寺的景色，远望落日萧山，近看古寺残碑，使人有江山浩渺、历史无情之感，是景语，也是情语。末四句就江淹和历代文士的遭际，直书胸臆，表面上是赞扬班超，实际上是发泄牢骚。元代的知识分子，多数沉屈下僚，潦倒穷困，纵有满腹经纶，也不能像前代人那样平步青云，腰金带紫。此曲以凭吊江淹寺借题发挥，既旷达，又辛酸；既豪逸，亦婉曲。它典型地概括了多少朝代文人才士磊落不平的情怀，是散曲中的上乘之作。

曹　德

字明善。生卒年不详。曾为衢州路吏、山东宪使等小官，与薛昂夫等有唱和，性耿直。元顺帝时曾写[清江引]二首讽刺宰相伯颜，被查缉，只得避匿于苏州寺院中。现存小令18首。

双调清江引

长门柳丝千万结，①风起花如雪。离别复离别，攀折更攀折，苦无多时旧枝叶也。

长门柳丝千万缕，总是伤心树。行人折嫩条，燕子衔轻絮，都不由凤城春做主。②

【注释】

①长门：汉宫名。汉武帝时，陈皇后失宠幽囚于此。②凤城：京城的别称。

【品评】

旧时有折柳送行人的风俗。此曲表面上是有感于杨柳的屡被攀折，其实另有深意。元顺帝时，右丞相伯颜揽权，怂恿顺帝幽禁皇后伯牙吾氏于冷宫，伯颜并尽杀皇后党羽，郯王彻彻都、高昌王帖木儿不花皆无罪被杀。据《辍耕录》卷八载："山东宪使曹明善时在都下，作[岷江绿]（即[清江引]）二词以讽之，大书于石门之上。伯颜怒,令左右暗察得实,肖形捕之,明善出避吴中一僧舍。”曹德这种敢于捋虎须与权臣作斗争的行为,受到时人钦佩。《录鬼簿》中说他“神京独赋长门柳,士林中逞俊流,万人内占了鳌头”。此曲被折之柳是长门的柳,而非一般的柳,这就大有深意。“苦无多时旧枝叶也”,有讽刺伯颜尽杀皇后党羽的喻意。第二首最末一句,“都不由凤城春做主”,凤城是帝王居住的宫城,春是花木萌生的主宰,凤城之春竟不能作主,保不住长门之柳,这在目睹当时政治斗争的读者,是不难理解其中含义的。此曲指喻深隐,但语言流畅自然,所以《录鬼簿》认为曹德的艺术水平,“不在小山(张可久)之下”。

景元启

生平不详。现存小令15首，套数1篇。

双调殿前欢　梅花

月如牙，早庭前疏影印窗纱。[①] 逃禅老笔应难画，[②] 别样清佳，据胡床再看咱。[③] 山妻骂：[④]“为甚情牵挂？”“大都来梅花是我？[⑤] 我是梅花？”

【注释】

①早：已经是。疏影：指梅花。　②逃禅：逃避到佛门中去的人。又，宋无咎，字补之，善画梅花，词集以《逃禅》名。这里作者借以自称。　③别样：特别。胡床：交椅。咱：语助词，无义。　④山妻：妻子谦称。　⑤大都来：只不过。

【品评】

梅花，是历代诗人吟咏的题材。此曲咏梅，有其独特之处。首两句写梅花的形象，但不直赋其形，而只描画其影。月牙儿是一弯新月，光色朦胧；疏淡的梅枝印在窗纱上，隔窗看去，越发如痕如梦，呈现出清逸的神韵。“山妻骂：‘为甚情牵挂’”一句，是神来之笔，作者以妻子的嗔怪，侧写自己如痴如醉般专注地欣赏梅花。“骂”字显出妻子的醋意，境界全出，令人发噱。末两句“梅花是我？我是梅花”的疑问，既表明观赏梅花进入物我两忘的化境，也表明在看梅的过程中，对人生有所体悟，庄子曾有梦蝶之说,梦醒后不知蝴蝶是庄周,抑或庄周是蝴蝶,从中悟出人世的虚幻。此曲巧用其意,但思想是积极的。作者说自己与梅花浑成一体,无法分辨,蕴含着以梅花高洁的品格自喻的用意。此曲前段用语典雅,后段用语通俗,在描绘中渗和着哲理,这在散曲中别开生面。

查德卿

生卒年不详，约于元仁宗朝（1311—1320）前后在世。《太平乐府》、《尧山堂外纪》、《乐府群珠》、《北曲拾遗》都收有他的作品。现存小令22首，内容有不少是描绘妇女情态的。

仙吕寄生草　感叹

姜太公贱卖了磻溪岸，① 韩元帅命博得拜将坛。② 羡傅说守定岩前版，③ 叹灵辄吃了桑间饭，④ 劝豫让吐出口中炭，⑤ 如今凌烟阁上一层一个鬼门关，⑥ 长安道一步一个连云栈。⑦

【注释】

①“姜太公”句：意思说姜太公离开磻溪出仕周朝，很不值得。姜太公：吕尚。磻溪：水名，在今陕西宝鸡县东南，相传姜太公曾垂钓于此，后来在此遇见了周文王，便放弃了隐居生活，协助文王灭商。　②“韩元帅”句：意思说韩信封侯拜将，最后舍了性命，也不值得。韩信：汉代名将，汉高祖曾筑坛斋戒，拜他为大将，屡立战功，后被刘邦借口杀害。　③“羡傅说”句：意思说傅说不出仕时，才值得羡慕。傅说，殷高宗时贤相。他曾隐居于傅岩（今山西平陆）做泥水工，殷高宗召之为相。版：筑墙用的夹板。　④“叹灵辄”句：意思说灵辄为了报恩，舍了性

命，也不值得。灵辄：春秋时晋人，晋灵公的大夫赵盾打猎，在桑林休息，看见灵辄饥饿得很，给他饭吃。后来晋灵公要杀赵盾，派灵辄埋伏，灵辄却救了他。 ⑤“劝豫让”句：意思说豫让不值得为赵襄子卖命。豫让：战国时晋人。原是智伯家臣，智为赵灭，豫让便用漆涂身，吞炭变声，毁形改容，准备行刺赵襄子，为智伯报仇。 ⑥凌烟阁：唐皇宫中的一座殿阁，唐太宗将二十四位功臣的画像悬挂于此，表彰他们的功勋。 ⑦“长安道”句：比喻仕途艰险。栈：栈道，在峭壁上凿孔架木铺板而成的通道。连云栈在褒斜谷(今陕西褒城一带)。

【品评】

此曲思想内容至为深刻。姜尚、韩信有开天辟地的勋劳，历来被认为是功勋卓著的将相，但此曲以“贱卖”、“命博”两语轻轻一抹，便使人觉得吕尚、韩信干的是划不来的傻事，是吃大亏的买卖。三、四、五句为鼎足句，分咏三个历来被认为是感恩知遇不惜脑肝涂地的贤臣义士。三句以“羡”、“叹”、“劝”三字领起，口气不同，但都是对他们的愚蠢行为表示惋惜。此曲一口气提到五个人物，在传统观念中，属忠臣义士、英雄好汉一类，但作者一概予以否定，这是对传统伦理道德的有力批判。值得注意的是，曲中所选用的五个人物，全是出身卑微的，作者认为他们种种为统治者卖命的行为，都不值得。这种态度，正是元代下层人物反抗封建统治的愤激情绪的反映。末两句，点破题旨，在议论了五个具体人物以后，推进一层，作宏观的概括，把封建时代人们视为神圣尊荣的事业险巇可怕的前景揭露无遗。其悲凉愤懑之情，溢于言表，诚为振聋发聩的警策。

张鸣善

名择，号顽老子，平阳（今山西临汾）人。生卒年不详。流寓扬州，做过宣慰司令史，后为江浙提学。至正二十六年（1366）曾给夏庭芝《青楼集》作序，著有杂剧 3 种，均失传。《全元散曲》收有他小令 13 首，套数 2 篇。

双调水仙子　讥时

铺眉苫眼早三公，① 裸袖揎拳享万钟，② 胡言乱语成时用，③ 大刚来都是哄。④ 说英雄谁是英雄？五眼鸡岐山鸣凤，⑤ 两头蛇南阳卧龙，⑥ 三脚猫渭水飞熊。⑦

【注释】

①铺眉苫眼：即挤眉弄眼。三公：泛指掌握军政大权的高官。　②裸袖揎拳：捋袖挥拳、横蛮无理的样子。万钟：丰厚的俸禄。　③成时用：犹言吃不开。　④大刚来：总之。　⑤五眼鸡：即忤眼鸡、乌眼鸡，好斗的公鸡。岐山：在今陕西。传说周朝兴起时，出现了凤凰鸣于岐山的祥兆。　⑥两头蛇：毒蛇。南阳卧龙：指诸葛亮。三国时，他在南阳隐居，人称为卧龙。⑦三脚猫：比喻不中用的东西。渭水飞熊：传说周文王占了一卦，卦文说有“非熊非罴”之物可辅周室，后来就在渭水遇见了吕尚。传说中又有“非熊”讹为“飞熊”。

【品评】

题目为《讥时》，全曲着眼于“讥”字，在艺术上，作者运用强烈的对比手法，把美与丑、贤与愚并在一起，点出美的、贤的价值受到扭曲，这就揭露了当时是非不分、黑白颠倒的现实。开首的鼎足对，指出那些“铺眉苫眼”、“裸袖揎拳”、“胡言乱语”的人，得到的却是极富、极贵、极显赫的结局。第四、第五两句，一是承上文直截了当地指出现实的荒唐，一是以反诘的口吻，增强讽刺的意味。两句轻蔑与感叹的感情交集，充分表明作者对现实憎恶的态度。最后的鼎足对，与开首的鼎足句呼应，以漫画化的手法，加深读者对丑恶现实的印象。五眼鸡、两头蛇、三脚猫，这些形象极丑极恶、象征着极恶极毒极无用的动物，竟与极美极好神圣的凤、龙、飞熊混淆，与英雄豪杰的代表人物并列，真是美丑莫辨，鱼目混珠，滑稽可笑。诚如王世贞在《艺苑卮言》中所说，这几句是“诨中奇语”。因为它把俚俗谐谑的比喻，和夸张奇特的想象结合起来。此外，全曲反复运用鼎足对，像连珠炮般对现实冷嘲热讽，力透纸背，痛快淋漓，充分体现出散曲豪辣的特点。

中吕普天乐　嘲西席[①]

讲诗书，习功课。爷娘行孝顺，[②]兄弟行谦和。为臣要尽忠，与朋友休言过。[③]养性终朝端然坐，免叫人笑俺风魔。[④]先生道学生琢磨，学生道学生絮聒，[⑤]馆东道不识字由他。[⑥]

【注释】

①[普天乐]句式为三三、四四、三三、七三四、四四四。十二句六韵。西席:指教书先生。 ②行:那里。 ③休言过:不要讲别人的过失。 ④风魔:颠狂。 ⑤絮聒:啰嗦。 ⑥馆东:指学生家长。

【品评】

这也是一首讽刺诗。如果说,《讥时》以夸张而滑稽见长,那么,《嘲西席》则以质淡而幽默取胜。此曲从"讲诗书,习功课"开始,揭开封建时代教育的一个画面。在家塾里,教书先生按照儒家伦理纲常,和尚念经般给学生上课,教导学生要孝、悌、忠、恕,要讲究修身养性,注意言谈举止。曲中从第三句到第六句,一句一个大道理,纯粹是陈述口吻,显出教师上课时面目呆板,教学内容枯燥无味。最后三句,从三个角度写三种人对待"讲诗书,习功课"的态度。先生觉得他讲的书非常重要,要学生好好揣摩琢磨;学生嫌他讲的是老一套,说他唠哩唠叨,表示讨厌反感。真是言者谆谆,听者藐藐,这情景,不由得使人想起了《牡丹亭》闺塾一出塾师上课时的场面。有趣的是,此曲还写到家长。家长既不管教师教得如何,也不管子弟无心向学,竟说"不识字由他"。可见,家长视学习为可有可无。他花钱聘请教师,就像花钱买一根拘管猢狲的绳子。这一来,塾师认真上课,教忠教孝,便显得可悲可笑。此曲没有惊人之笔,但充满喜剧色彩。它诙谐地嘲弄了封建教育,使人读来趣味盎然。

杨朝英

号澹斋，山东青城人。生卒年不详。做过郡守、郎中，后归隐。曾编选元人散曲为《阳春白雪》与《太平乐府》两书。他自己创作的散曲，现存小令27首，多写隐居乐道和闺阁情思。

双调得胜令

日日醉红楼，归来五更头。问着诸般讳，揪挦不害羞。[1]敲头，敢说个牙痛咒？揪揪，揪得来不待揪。[2]

【注释】

①揪挦：揪着扯着。 ②不待：不想，不准备。

【品评】

小两口闹矛盾，别有一番情味。此曲写妻子责备丈夫，又打又闹，又嗔又爱，生动地描绘出封建时代市井生活的一角。首两句，先写妻子嗔恼的缘由，原来那当丈夫的，天天在歌楼酒馆里寻欢买醉，回来时，天也快亮了。“日日”两字写得极妙，它表明妻子蓄怨已久，她等待丈夫，越等越焦躁、越想算老账的心理。三、四句直写夫妻干仗，妻子质问丈夫干什么去了。丈夫诸般隐讳搪塞，妻子忍不住了，自然动起手来。作者用“揪挦”描画妇女打人的动作，可谓观察入微。五、六句，兼写打骂，她问丈夫，敢赌咒么？活画出她又急又恼不准丈夫蒙混过关的神态。“牙痛咒”三字，令人绝倒，这赌咒并不恶毒，可以窥见夫妻吵架的性质。末两句出现转折，她正在揪呀揪呀，揪住不放，忽然又不想揪了，手软了。因为她嗔他恨他，实在又爱他。此曲从妻子强烈的动作细致地揭示她的内心活动，又从妻子的神态中使人看到丈夫的狼狈相，真是活灵活现，栩栩如生。那洋溢着喜剧情趣的内容，活泼尖新的语言，令人忍俊不禁。

汪元亨

号云林，别号临川佚老。饶州（今江西波阳）人。生卒年不详。做过浙江省掾。钟嗣成《录鬼簿》说，“至正间，与余交吴门”，可以见出他活动的大致期间。著有杂剧 3 种，今不存。散曲有《云林小令》100 篇，内容多写警世归隐。

正宫醉太平[①]　警世

憎苍蝇竞血，恶黑蚁争穴。急流中勇退是豪杰，不因循苟且。叹乌衣一旦非王谢，[②]怕青山两岸分吴越，[③]厌红尘万丈混龙蛇。[④]老先生去也。

【注释】

①[醉太平]又名[凌波曲]。句式为四四七四、七七七四。八句八韵。首两句须对，五、六、七三句为鼎足对。　②“叹乌衣”句：感叹富贵转眼成空的意思。乌衣：指南京的乌衣巷，晋代贵族王姓、谢姓聚居于此。　③分吴越：春秋时，吴国、越国山水相连，互相敌对。　④红尘：指尘世。混龙蛇：比喻贤愚相混。

【品评】

散曲中有不少退隐警世之作，但像这首写地感情如此激愤，对污浊的社会批判得如此彻底者，却不多见。首两句以“憎”、“恶”两字领起，表达出强烈的爱憎情绪。“苍蝇竞血”、

“黑蚁争穴”,比喻官场中的争权夺利。三、四句直赋胸臆,宣告断然隐居,不愿同流合污。接着的鼎足对从三个方面阐发对人生和社会的态度,每句也以“叹”、“怕”、“厌”等感情色彩极为鲜明的动词领起。其中,“怕青山两岸分吴越”一语,与元末面临社会大动乱的形势有关。可见汪元亨的归隐,并非纯粹出于自鸣清高,而是在激烈的社会斗争中被迫找寻的一条出路。最后一句,“老先生去也”,忽然作出洒脱的姿态,颇有自得自傲之意。这临去秋波,与“急流中勇退是豪杰”相应,给全曲添上点豪逸的亮色。

倪　瓒(1301—1374)

字元镇,号云林子,又号风月主人。江苏无锡人。他多才多艺,爱作诗,精音律,尤精绘画,是美术史上著名的“元四家”之一。家中有清音阁,多藏古籍古玩。元末动乱初起时,忽散家财出走。诗文有《清秘阁集》,散曲现存12首,风格婉雅而近于词。

黄钟人月圆

惊回一枕当年梦,渔唱起南津。[1]画屏云障,池塘春草,无限销魂。　旧家应在,梧桐覆井,杨柳藏门。闲身空老,[2]孤篷听雨,灯火江村。

【注释】

①南津:南边的渡口。　②空老:年岁徒然消逝。

【品评】

此曲以“惊梦”起首,做梦的地方在江边,时间在黄昏,其无聊索寞之情也被拈出。倪瓒晚年弃家避乱于江湖,表面上潇洒,内心里忧烦,落笔便带感伤。三、四句是眼前景语,但含义深刻。把云遮雾绕的山嶂形容为厅堂的屏风,既是形象贴切,又与首句语脉相连。梦到家乡,画屏在眼,梦醒后江边的山峦也像屏风,这联想便透露出苦味。“池塘春草”的景色,在江南一带常见，此句直引谢灵运“池塘生春草，园鸟变鸣禽”诗意，也暗寓着时光流逝触目惊心的忧思。上片结语“无限销魂”便把感伤之情一语坐实。下片以“旧家应在”领起，写想念中的故宅，再一次与“当年梦”呼应。“梧桐覆井，杨柳藏门”，化用李白《赠崔秋浦诗》“门前五杨柳，井上一梧桐”。句中所着“藏”、“覆”二字，均是推想之辞。作者想到，旧居在丧乱中一定已荒芜毁废。而想得越多越细，正表明思恋越深越苦。末三句，从怀旧的纷乱思绪中回到现实，“闲身空老”是惆怅心情的概括，“灯火江村”是眼前景色的描绘。这空灵雅淡的韵味，很能传达出诗人的情怀。

刘庭信

原名廷玉，益都（今属山西）人。生卒年不详。长得又高又黑，排行第五，人称黑刘五。《录鬼簿续编》说他“风流蕴藉，超出伦辈，风晨月夕，唯以填词为事”。现存小令 39 首，套数 7 篇。他擅写相思别情，风格本色自然。

双调折桂令　忆别

想人生最苦离别，三个字细细分开，凄凄凉凉无了歇。别字儿半晌痴呆，离字儿一时拆散，苦字儿两下里堆叠。他那里鞍儿马儿身子儿劣怯，[1] 我这里眉儿眼儿脸脑儿乜斜。[2] 侧着头叫一声“行者”，[3] 阁着泪说一声“听者”：得官时便先报期程，丢丢抹抹远远的迎接。[4]

【注释】

①劣怯：虚弱。　②乜斜：这里是糊涂蒙眬的神态。③行者：“者”即“着”，语助词。　④丢丢抹抹：扭扭捏捏。

【品评】

刘庭信以[折桂令]写了一组曲，共十二首。除第一首外，均以“想人生最苦离别”开头。这是组曲的第二首，它以一个女子的口吻，唱出送别丈夫时难分难舍牵肠挂肚的心情。此曲特色之一，是把“苦离别”三个汉字的形体结构，“细细分开”，作为抒发感情的手段。以拆白道字的手法入曲，新颖有趣，也反映了元代市民阶层的艺术趣味。此曲后半段写少妇“侧着头叫一声‘行者’，阁着泪说一声‘听者’”，极具神韵。“侧着头”是避开对方的目光，横了心让他出发。“阁着泪”是强忍悲戚，把他叫回来叮嘱，这把少妇送行的思想矛盾写得活灵活现。末句强调少妇渴望重逢，感情灼热如火。李白《长干行》说：“早晚下三巴，须将家书报。相途不道远，直到长风沙。”意境与此相近。夏庭芝《青楼集》云：刘庭信“落魄不羁，工于笑谈，天性聪慧，至于词章，信口成句，而街市俚近之谈，变用新奇，能道人所不能道者”。此曲以尖新俚俗的语言，绘声绘色，把少妇神态写得栩栩如生。她的离别之苦使人恻然，俚俗泼辣的话语又使人莞然。

双调水仙子　相思

秋风飒飒撼苍梧，① 秋雨潇潇响翠竹，秋云黯黯迷烟树。三般儿一样苦，苦的人魂魄全无。云结就心间愁闷，雨少似眼中泪珠，② 风做了口内长吁。

【注释】

①苍梧：绿色的梧桐。　②少似：多少似。

【品评】

此曲语言自然本色，但结构独具匠心。开首的鼎足对，以秋风、秋雨、秋云烘托相思之情。重复使用“秋”字，是强调愁思之重。“三般儿一样苦”句，综括上文。“三般”与“一样”相对成文,是有意的安排,使浅近的话语产生强烈对比的效果。第五句"苦的人魂魄全无"用顶真格,语气上的连接加重了感情色彩。这两句话,看似质朴通俗,其实经过细心的安排。后一个鼎足对,再一次出现秋风、秋雨、秋云的形象,用以比喻相思者的痛苦,它既与第一个鼎足对钩连呼应,而在次序安排上又有所变化,显得语气连贯而灵动,感情透辟而逐步深刻。钟嗣成曾说:刘庭信的散曲"语极俊丽",此曲的两副鼎足对,也确蕴含着诗词般的艺术旨趣,但刘庭信显然更注重考虑曲的构思方面,经营于读者不经意之中,在平凡中见新巧,于浅近处见深刻,是此曲成功之点。

邓玉宾之子

生平事迹不详。其父邓玉宾，生平事迹亦不详，钟嗣成《录鬼簿》在“前辈名公”项中称他为“邓玉宾同知”。邓父子俱擅散曲。其子现存小令3首。

双调雁儿落带得胜令　闲适

[雁儿落]乾坤一转丸，① 日月双飞箭，浮生梦一场，世事云千变。　　[得胜令]万里玉门关，② 七里钓鱼滩。③ 晓日长安道，④ 秋风蜀道难。⑤ 休干，⑥ 误煞英雄汉，看看，星星两鬓斑。

【注释】

①乾坤：指天地。　②万里玉门关：用汉代名将班超事。班超抗击匈奴，封定远侯，后年老思乡，有“但愿生入玉门关”之叹。　③七里钓鱼滩：用东汉隐士严光故事，严光归隐，垂钓于浙江富春江的七里滩。　④长安道：比喻仕途得意，长安曾是汉唐时代的首都。　⑤蜀道难：比喻人世艰难的历程，李白的乐府古曲《蜀道难》极写蜀地交通的险阻，形容蜀道之难难于上青天。　⑥干：指干禄，谋求官禄。

【品评】

此曲开首四句，连用四个比喻，从不同的角度表述对世界的看法，包括空间、时间、人生、社会等方面。“乾坤一转丸，日月双飞箭”，高屋建瓴，气魄极大；而“浮生梦一场，世事云千变”则思想消沉，感慨极深。强烈的情绪对比，使人心灵震撼。中间四句，把眼光收拢到人生的出处进退方面。四句亦用四个比喻，它们不相统属，但并列在一起，则可使读者产生许多联想。以进退而言，是出仕好，还是归隐好？就出仕而言，是得意，还是险巇？作者均不明说。结句再把眼光集中到出仕问题，指出人生易老，误了英雄，微露不值得为名位利禄折腾受难的意思。此曲题为《闲适》，却与一般鼓吹隐逸之作不同。作者从对人生、宇宙幻灭的想法写起，层层设譬，层层深入，最后引导人们否定干禄，肯定闲适。而在曲中，也没有描写闲适的乐趣，只抒发对人生和仕宦的幻灭之感。这种情绪，反映了元代知识分子在现实压迫面前，标榜闲适以求解脱的复杂心理。

汤　式

字舜民，号菊庄，浙江象山人。生卒年不详。元末曾补本县县吏，后落魄江湖。入明不仕，但据说明成祖对他“宠遇甚厚”。为人滑稽，所作散曲甚多，名《笔花集》，今存钞本。作品多写景、咏史之作，颇工巧可读。

正宫小梁州[1]　上巳日登姚江龙泉寺分韵得暗字[2]

天风吹我上巉岩，正值春三。[3]残红飞絮点松杉。轻摇撼，无数落青衫。　［幺］登临未了斜阳暗，借白云半榻禅龛。[4]发笑谈，论经谶。老龙惊惮，拖雨过江南。

【注释】

①［小梁州］句式为上阕七四、七三五，下阕七七、三三四五。共十一句十一韵，第七句作上三下四句法。　②上巳日：节日名。古时以阴历三月上旬巳日为“上巳”，魏晋以后改为三月三日，但仍有用巳日者。姚江：今浙江余姚。　③春三：暮春三月。　④禅龛：供奉佛像的石室。

【品评】

此曲写登山入寺的经过。上阕写登山的感觉及途中所见。首句用“吹”字，尽去旅途劳顿，直显轻盈飘逸。况兼“天风”，令人有扶摇直上、飘飘欲仙之感。“残红”以下三句，写山巅落花与柳絮被山中的树枝、树叶托住，经微风一吹，便似天女散花一般，色彩斑斓，飘然而下，正与攀缘而上的旅人不期而遇。这奇异的景色，惟暮春时节半山腰才有。故看似写景，实则蕴藏着作者的欣喜之情。下阕写入寺。“登临”句既写入寺的时间、地点，又暗寓巉岩之高：斜阳已暗，身在云间，尚“登临未了”。“借”字信手拈来，可见入寺乃随心信步。“发笑谈”二句写在寺中自得其趣，与环境融洽协调。结句想象奇妙：作者与同伴谈笑风生，竟使老龙惊惧，“拖雨”而逃。总括全篇，字里行间，洋溢着欢愉豪逸的气氛。

商调望远行[①] 春

杏花风习习暖透窗纱，眼巴巴颙望他。[②]不觉得月儿明钟儿敲鼓儿挝。梅香，你与我点上银台蜡，将枕被铺排下。他若是来时节，那一会坐衙，[③]玉纤手忙将这俏冤家耳朵儿掐。嗏，实实的哪里行踏？乔才，你须索吐一句儿真诚话！

【注释】

①[商调望远行]句式不统一。汤式所作四首为：七五七、五五五五七、一四五。共十一句九韵。 ②颙(yóng)望：举头久望。 ③坐衙：指女主人公像官吏坐衙审案那样责问对方。

【品评】

古代诗歌中不乏少妇思夫之作，而作者多为男性，其描摹女性之形容、心态，惟妙惟肖，令人惊叹！此曲写勾栏女主人公思念情人之切，语言俏皮生动，形象鲜明，心理刻画细致入微，是不可多得的上乘之作。全篇用女主人公自白，忽尔喃喃自语；忽尔向“梅香”发号施令；忽尔想象情人来后调笑嘻闹的场面。真是爱极而盼，久盼不来则生出烦恼、生出猜测、生出醋意、生出波澜。可谓酸甜苦辣涩，五味俱全。前六句写男女主人公对情人之盼，“眼巴巴颙望”，嘱梅香“将枕被铺排下”，可见其焦灼烦躁、急不可耐的心情。“他若是”以下数句，想象自己正襟“坐衙”，审问那位不按时赴约的“他”，又是扭耳朵，又是刨根问底，似乎恨到极点，妒到极点。然而恨是亲、妒是爱。“俏冤家”、“乔才”都是对情人的昵称。顾学颉等《元曲释词》云：冤家“以反语见意，犹云亲爱的”。况其上冠以“俏”字，更爱之弥深了。可见，这场“官司”不过是一场打情骂俏的喜剧而已。

商调知秋令① 秋夜

月晃银河淡，庭空珠露湿，天阔玉绳低。② 觱篥城头奏，③ 蝼蛄阶下泣，络纬井边啼，④ 一弄儿秋声闹起。⑤

【注释】

①此曲牌又名[梧叶儿]，句式为三三五、三三三、三四。共八句六韵。 ②玉绳：星名，有两颗，玉衡（北斗第五星）北。 ③觱篥（bì lì）：古乐器名，从西域传入中原。 ④络纬：虫名，又名莎鸡、络丝娘、纺织娘。 ⑤一弄儿：一片儿，一派。

【品评】

这首小令写秋夜景物。前三句写秋景，只见月明星稀，庭空露重，天阔斗垂。下笔由远及近，先从皎洁的月光写起，直至庭前露珠。露珠虽小，但在月光照耀下晶莹闪烁，非常醒目。再由近到远，眺望星空。玉衡星虽高，但由于远在天际，在天与地的交接处，低垂于视线以下。四、五、六句咏秋声，只听觱篥阵阵，蝼蛄哀鸣，莎鸡振羽。觱篥声高亢单调，慷慨悲凉；秋虫音低回幽怨，如泣如诉。听来忽远忽近，错落有致。前三句写视觉所及，描绘秋天夜空的深邃辽阔，表现大自然的博大与静谧。后三句写听觉所及，展示时序的变更和生物的感应，读来发人深省。作者掌握了大与小、远与近、高与低、动与静、自然与人的辩证统一关系，使全曲构成一幅完整的、有声有色的秋天月夜图景。末句总结全曲。"秋声闹"是作者的主观感受，但此处写"闹"，却是为了表述秋夜的宁静。作者以闹衬静，作为全篇的基调，足见他很了解相反相成的艺术辩证法。

双调庆东原①　京口夜泊

故园一千里，孤帆数日程，倚篷窗自叹漂泊命。城头鼓声，江心浪声，山顶钟声，一夜梦难成，三处愁相并。

【注释】

①[庆东原]句式为三三七、四四四、五五。八句七韵。

【品评】

游子思乡乃人之常情，古代交通不便，咏叹乡情的作品尤为多见。这首小令，将思乡之情写得缠绵悱恻、呜咽低回；读来令人哀愁如缕，一唱三叹。“京口”即今江苏省镇江市，作者是浙江宁波人，故开头两个对句，言家乡路途遥远；强调“孤帆”，愈见羁旅之寂寞与孤独。第三句写作者倚船窗自叹，怅然若失，乡愁不绝，悲从中来。“漂泊”一语，与上文“孤帆”、下文“夜梦”相呼应，愈见伤感。最终归咎于“命”者，可见诗人无可奈何的情怀。写到此处，愁怀本已无可复加，但作者笔锋一转，忽写更鼓声、波涛声、晚钟声，既烘托出夜泊的环境，又使抽象的乡愁有了具体的依托。睡眠，是人的一种重要的生理现象，然而心理活动过于剧烈，会使脑神经高度兴奋，产生失眠。本来，鼓声、浪声、钟声日夜回响，有节有序，对于正常人来说，何尝不是一首轻柔悦耳的催眠曲？然而作者却辗转反侧，难以成寐。“城头鼓声、江心浪声、山顶钟声”，搅得人不得安宁；它们声声连接，此伏彼起，屡屡拨动思乡的心弦。“三处愁相并”，混合成同一个旋律，编织成一首悲哀的乡愁交响曲。作品用因果倒置法，意蕴深永，发人遐想。

朱有燉(1379—1439)

号诚斋、锦窠老人。明太祖朱元璋之孙,袭封周王,谥宪,世称“周宪王”。精通音律,作有杂剧 31 种,现均存。散曲有《诚斋乐府》2 卷,多为风花雪月、闺情赠别之作,风格清丽雅致。

中吕朱履曲[①] 途中晓行

悬碧汉一弯月影,[②]隔荒村三唱鸡声,客途人枕上梦魂惊。溪山高下路,风雨短长亭,叹人生如泛梗。[③]

【注释】

①此曲牌即[红绣鞋]。 ②碧汉:青天,天河。 ③泛梗:漂浮在水上的桃梗人。《战国策·齐》中寓言,刻桃梗为人,雨至,漂浮淄水,不知所之。后因以泛梗指飘荡无定止。

【品评】

对于多数人来说,人生犹如漫长的旅途。屈原云:“路漫漫其修远兮,吾将上下而求索。”李白说:“行路难,行路难,多歧路,今安在?”古往今来的哲人、智者,都曾经苦苦探求人生之路。朱有燉的这首小令,由旅途之劳顿,联想到人生之漂泊无定,读来别有一番情致。前两句对仗,一弯明月,三遍鸡鸣,有声有色,描绘出旅人闻鸡而起,披星戴月,匆忙上路的情景。“荒村”乃旅人宿处,与“碧汉”遥遥相对,更显得天高地阔,旅途孤凄。第三句“惊”字，活画出旅人睡眼蒙眬、惊魂未定的神色，使人陡增怜悯与同情。四、五句描述顶风冒雨、爬山涉水，在坎坷不平的征途上艰难行进的情景。然而，这一切绝不限于一次偶然的长途旅行而已。人生，不就是随波逐流、漂泊无着、福祸无定的一叶泛梗吗！结句如豹尾，短促有力，一叹之后，戛然而止，令人惊警，发人深思。统观全篇，前五句都是铺垫，结句显志。旅人那疲于奔命的身影、胆战心惊的神色，正是人生之旅的高度浓缩。

杨廷和(1459—1529)

字介夫,四川新都人。明宪宗成化十四年(1478)进士,官至太子太师华盖殿大学士。性耿直,曾指斥宦官刘瑾。嘉靖初,因反对皇帝加封帝父称号而削职。散曲集有《乐府遗音》,多表达隐逸思想。风格与元代张养浩相近。

中吕普天乐　秋雨

五更风,终朝雨。禾头生耳,[1]屋角生芝。[2]东乡米似珠,西市薪如桂。滴得愁人心如碎,怨天公不禁龙师。荒村下里,[3]孤儿寡妇,更是愁时。

【注释】

①禾头生耳:庄稼因雨涝而生黑穗病。　②芝:即芝草,菌类的一种。　③下里:偏僻的里巷。

【品评】

秋风秋雨愁煞人,然而各人所愁为何,却有不同。此曲从连绵不断的秋雨,联想到昂贵的物价,于是平添一层怨愁;又联想到荒村农舍中孤儿寡妇的困苦艰辛,更加上无限忧愁。这显然与一般文人墨客笔下的羁旅之愁、闺怨之愁、怀人之愁不同,而具有“先天下之忧而忧”的高尚境界。作品感情层层加深,愁绪也愈加沉重。第七句是作者自愁:身为朝廷高官,尚须为生计而忧心忡忡，怨天怨地。下一句便意在笔先，水到渠成：那些身居荒村、无倚无靠的“孤儿寡妇”又当如何呢？“更是愁时”是设身处地替人着想，显得情真意切，戚婉动人。作品的语言既平实又形象。前二句写阴风淫雨，终朝不停。三、四句用“禾头生耳，屋角生芝”形容稻禾被浸泡得生出芽，房角上长出厚厚的苔藓，令人有身临其境之感。五、六句兼用比拟与夸张，分别用“珠”、“桂”形容米、薪之昂贵，贴切自然。全曲整体上具有散曲口语化的特点，末了三句严肃凝重，接近词曲的味道。

双调清江引[①] 竹亭漫兴

城西小园刚半亩，不种闲花柳。多栽苋与藜，[②]更有葱和韭。菜根咬来滋味厚。

【注释】

①此曲牌又名[江儿水]，“双调”常用曲调。句式为七五、五五七。五句四韵，第三句不用韵。 ②苋：蔬菜名，亦可入药。藜：植物名，又称“灰菜”，叶可食。

【品评】

东晋大诗人陶渊明开创田园诗一派，后世模仿效法者蜂起，但真正得其精髓者甚少。此曲算是接近陶诗风格的优秀作品。全曲五句，一气呵成，写罢官归田后的生活，感情真挚淳厚，一个豁达洒脱、崇尚自然的诗人形象跃然纸上。按说，从执掌权柄、日理万机的宰臣到赋闲归里的普通百姓，落差极大，身份变化悬殊，然而作者没有丝毫失落与彷徨。他截取最能体现其情趣的生活片断,即田间种菜,向读者敞开了坦荡、淳朴的胸怀。首句交代劳动的地点:城西的半亩小园;极言狭小,可见是私家的小菜园。二、三、四句,用对比手法写作者的选择,表达了对达官显贵生活的厌弃和对田园生活的向往与热爱。“闲花柳”与“苋与藜”、“葱和韭”,分别象征着官僚贵族和普通百姓的生活。结句颇为生动,一个“咬”字,传神地刻画出作者的率真与朴实。作品将一般人司空见惯、熟视无睹的农村景物,写得诗意盎然,有滋有味,称得上是于平淡中见真情的佳作,决非无病呻吟、雕词琢句者所可比拟。

王九思(1468—1551)

字敬夫,号渼陂,鄠县(今陕西户县)人。明孝宗弘治九年(1496)进士,正德初任吏部郎中。武宗朝,宦官刘瑾败,他以瑾党被罢官,退居乡里四十年。作有杂剧2种、诗文集《渼陂集》及散曲集《碧山乐府》等。散曲风格豪放。

越调寨儿令　夏日即事

豆角儿香,麦索儿长,①响嘶唧茧车儿风外扬。②青杏儿才黄,小鸭儿成双,雏燕语雕梁。红石榴花满西窗,黄蜀葵叶扫东墙。泥金团扇影,③香玉紫纱囊。④将佳节遇端阳。⑤

【注释】

①麦索儿:麦穗儿。　②茧车儿:一种将蚕茧缫成丝的工具。　③泥金团扇:用泥金颜料制成的圆形扇子。　④香玉紫纱囊:用紫色纱布缝制的香囊,旧俗于端阳节佩带,以辟邪气。⑤将:将近。

【品评】

这是一首描写夏日农家风光的小令。前八句写景:一股豆角的香味随风飘来,沁人心脾;焦黄的麦穗饱满肥硕,丰收在即;远处又传来茧车儿嘶唧嘶唧的响声;杏子青中泛黄,挂满枝头；小鸭成双作对，在池塘中欢快地戏水嬉闹；雏燕在房梁间呢喃鸣叫，等待外出觅食的父母；石榴花彤红彤红，映满西窗；葵蜀叶金黄金黄，偎依东墙。作品像电影艺术那样，运用“蒙太奇”手法，“镜头”不断转换，一句一景，分别排列，令人目不暇接。后三句写人，只见人们轻轻摇动手中的泥金团扇，小孩子佩带着辟邪用的紫色香囊，正准备喜迎端阳佳节呢！作者善于抓住各种景物、事物的不同特点。写颜色，则有红、黄、青、紫之分；写形状，则有长、小、雏、圆之别；写声音，有时关关鸟语，有时缫车大作。这样，一幅绚烂多姿、有声有色的夏日农家田园图景便完整地描绘出来。作品的语言带有强烈的感情色彩，前八句虽无一语写人，但却洋溢着欢快、雀跃的喜庆气氛，与后三句自然衔接，水乳交融。

南中吕驻云飞[①]　偶书

点检英豪，[②]无奈秋霜洒鬓毛。才说你文章妙，又说你胸襟傲。嗏，众口怎能调。仔细评驳，[③]富贵由人，贫贱也欢乐，不饮从他酒价高。[④]

【注释】

①此曲牌属南中吕宫曲调，句式为四七五五、一五、四四五七。十句八韵，第五、第八句可不用韵，第五句多用感叹词“嗏”字。　②点检：同检点，检查，自省意。　③评驳：评论、辩驳。④从他：任凭他，纵由他。

【品评】

“人言可畏”、“众口难调”，这是许多人都曾经有过的切身感受。此曲是作者罢官之后写下的。他回顾了以往的人生经历，有痛苦，有思索，最终得以摆脱，是一篇寓有人生哲理意味的小令。开头二句，作者蓦然回首，感慨时光飞逝，人生易老。“秋霜洒鬓毛”五字，可谓精心提炼，传神般概括了漫长的蹉跎岁月。在以往的碌碌风尘中，最令作者不堪回首的是什么呢？三、四句十二个字，道尽一腔苦水。原来作者最苦恼的，莫过于肉麻的吹捧、无端的中伤。阿谀迎奉者，嫉贤妒能者，明枪暗箭，令人防不胜防。时而捧你在九天之上，时而贬得你粪土不如。面对口蜜腹剑、翻云覆雨的小人，身处谗言四起、险恶多端的世道，作者只有一声轻轻的叹息。按曲律，“嗏”在此曲中是定格，并无实际意义。但用在这里，既有加强语气的作用，又曲折传达出作者微妙的心理变化，十分必要。末四句写作者经过反复思考、权衡之后，决心从世俗的褒贬中彻底解脱出来，我行我素，独往独来，鄙弃富贵，以苦为乐。末句将高官厚禄比作一杯昂贵的苦酒，形象新颖，耐人回味。

双调水仙子带过折桂令　归兴

[水仙子]一拳打脱凤凰笼，两脚蹬开虎豹丛，单身撞出麒麟洞。望东华人乱拥，[①]紫萝襕老尽英雄。[②]参详破邯郸一梦，[③]叹息杀商山四翁，[④]思量起华岳三峰。[⑤]

[折桂令]思量起华岳三峰，掉臂淮南，回首关中。红雨催诗，[⑥]青春作伴，黄卷填胸。骑一个蹇喂儿南村北垅，[⑦]过几处古庄儿汉阙秦宫。酒盏才空，鼾睡方浓。学得陈抟，[⑧]笑杀石崇。[⑨]

【注释】

①东华:东华门,明代紫禁城的东门,这里泛指官场之门。②紫萝襕:紫色官服。③邯郸一梦:唐沈既济《枕中记》载,卢生在邯郸客店中昼寝入梦,历尽荣华富贵,梦醒,主人煮的小米饭尚未熟。④商山四翁:汉初隐居商山的四个老翁,他们后来曾辅佐汉太子,故作者认为是值得叹息的事。⑤华岳三峰:指华山的莲花峰、落雁峰、仙人掌。⑥红雨:比喻落花。⑦蹇喂儿:驽钝的驴。宋岳珂《桯史》五"大小寒"引缺名诗:"蹇卫冲风怯晓寒,也随学子到长安。"蹇卫,即蹇喂。⑧陈抟:五代时著名道士,隐居华山。⑨石崇:西晋时著名富豪,曾任荆州刺史。

【品评】

小令本以一只为限,但带过曲却可以两只或三只为一个单位。这只[水仙子带过折桂令],不仅音律衔接自然,符合带过曲的基本要求,而且内容转中有承,风格变中有同,全曲结构严密,浑然一体。"水仙子"起首三句为鼎足对,气势凌厉,比喻新奇。"打"、"蹬"、"撞"三个动词,充分表达了作者冲出仕途决心之大。"望东华"二句,一反唐太宗所云"天下英雄尽入我彀中"之意而用之,发尽无限感慨,王世贞《艺苑卮言》许为"名语"。"参详破"以下,语调较为平缓,为过渡到下曲作准备。尤其"思量起"句,内容、风格均承上启下,重复吟诵,带过下曲,妙不可言。[折桂令]开头,三个动宾词组相连,归隐的决心已然转化为实际行动。四、五、六句"红"、"青"、"黄"相对,色彩绚丽,流畅自然。其中"青春作伴"与上曲"老尽英雄"对照鲜明,精神状态焕然一新。末六句,风格转为诙谐本色,自嘲之中充满自信,一个放率独行、醉卧林间、逍遥自在的隐士形象跃然纸上。全篇紧扣题目。上曲言归隐决心,其势如排山倒海,横冲直撞,不可阻挡。下曲言归隐生活,心平气和,悠哉优哉,无拘无束。上下二曲过渡自然,有转有承,实为明代散曲中不可多得的"雄爽"之作。

唐　寅(1470—1524)

字伯虎,一字子畏,号六如居士、桃花庵主、逃禅仙吏等。江苏吴县人。少纵酒不事诸生业。年二十九中乡试第一,会试时牵涉科场舞弊案而被黜。后游名山大川,致力绘画,工人物花鸟,"吴中四才子"之一。兼善诗文,有《六如居士全集》。散曲多写闺情闺怨,风格纤雅。

南商调黄莺儿[①]

细雨湿蔷薇,画梁间燕子归,春愁似海深无底。天涯马蹄,灯前翠眉,马前芳草灯前泪。魂梦迷,云山满目,不辨路东西。

【注释】

①此曲牌属南商调,句式为五六七、四四七、三四五。九句八韵,第八句不用韵。

【品评】

唐寅为人风流倜傥,为画秀润纤巧,为诗绮丽清隽。其散曲与其诗,其画风格相类,多清词丽句,意境秀雅。此曲便是他的代表作之一,作品写少妇伤春怀人,词句疑炼,形象鲜明,翩翩有致。作者首先以画家笔法写春景:一丛丛蔷薇被濛濛细雨滋润,显得嫩绿欲滴,生机旺盛;南去的燕子成双作对,高兴地飞回到久别的故乡，在画梁间筑巢、歇息、栖身。这两句写花草飞鸟，可谓工笔细描，写得高低错落，动静相间，春意盎然。春景美，春情萌，春愁浓。作品中的女主人公，恰便似王昌龄笔下那位“忽见陌头杨柳色”的少妇，对远方的良人产生了海一般深广的思念。前三句，从春景逗出“春愁”主题。四、五两句，就像两组并列的特写镜头。第一组，以马蹄翻飞表现“良人”在天涯奔波，这是少妇想象中的虚景。第二组，以少妇描画翠眉表现她在灯下期待，这是少妇在闺中的实景。第六句是上述两组镜头的叠印。“马前芳草”用南唐牛希济“记得绿罗裙，处处怜芳草”之意，少妇思念丈夫，并想象远方的丈夫一定也在想念她，两人想到一处，芳草和泪的形象也重叠在一起。后三句写少妇进入梦幻难辨、如醉如痴的境地，再次强调“春愁”的程度。全曲写少妇思想感情的发展，层层深入，环环相扣，意蕴悲戚，语言典雅，有明显的诗词化的倾向。

南商调山坡羊[①] 无题

数过清明春老，[②]花到荼蘼事了，[③]光阴估值，估值钱多少？望酒标先拚典翠袍，[④]三更尚道，尚道归家早。花压重门带月敲，滔滔，滔滔醉一宵；萧萧，萧萧已二毛。[⑤]

【注释】

①此曲牌属南商调，与北曲[山坡羊]不同。句式为六六七、三五七七、二五二五。十一句十一韵。 ②春老：暮春。③荼蘼(mí)：花名。为落叶乔木，夏初开花，色白。 ④酒标：

即酒旗。拚(pàn)典：典卖掉；拚，舍弃。 ⑤萧萧：头发稀短的样子。二毛：头发斑白。

【品评】

这是唐寅散曲中别具风格的小令。作品写惜春和豪饮之情，可说是作者放浪生活的真实写照。首句“春老”，以人之老年拟暮春，惋惜、伤感之情自然溢出。按曲律，第三句本为七字，作品重复“估值”二字，分为四字、五字两句，并造成连珠句式，不仅音节顿挫铿锵，而且强调光阴何价这一问题，令人深长思之。以上写惜春。五句以下写豪饮，先写饮之前，一望酒旗便典卖衣衫，强调迫不及待，虽穷亦饮。接着写饮之时，句法与三、四句相同，重复“尚道”二字，表现醉态：已是吞吞吐吐、结结巴巴，仍手不释樽，痛饮不止。这是强调酒兴未尽，虽醉亦饮。接着写饮之后，兴尽而归，月下敲门，一宵无眠，但其乐无穷。这是强调虽醉亦乐。末二句言人生易老，实则联接前篇，以对酒当歌、及时行乐的行为，回答光阴何价的问题。此曲全篇格调放逸，在消沉中贯穿郁勃之气，语言一反平常腻丽的韵味，而以本色为主。加上几个连珠句式的运用，显得飞动流畅，在唐伯虎散曲中别树一帜。《红楼梦》“寿怡红群芳开夜宴”写史湘云、麝月抽到一支写有“开到荼蘼花事了”的签，可见此曲的影响。

王　磐(1470—1530)

字鸿渐,号西楼,高邮(今属江苏省)人。曾作诸生,厌其拘束,弃去,终身不应举求官。纵情山水诗画间,尤善音律,丝竹觞咏,彻夜忘倦。散曲有《王西楼乐府》1卷,无论抒情咏物、讽刺俳谐,皆称能手。

中吕朝天子[①]　咏喇叭

喇叭,唢呐,曲儿小,腔儿大;官船来往乱如麻,全仗你抬声价。军听了军愁,民听了民怕。哪里去辨什么真共假?眼见得吹翻了这家,吹伤了那家,只吹的水尽鹅飞罢。

【注释】

①此曲牌又名[朝天曲]、[谒金门]。句式为二二五、七五、四四五、二二五。十一句十一韵。

【品评】

这是一首奇特的咏物曲。蒋一葵《尧山堂外纪》载:"正德间,阉寺当权,往来河下无虚日,每到辄吹号头,齐丁夫,民不堪命,西楼乃作《咏喇叭》嘲之。"作品描绘出这样一个逼真的场面:宦官的船只鸣着喇叭,在河上穿梭往来,耀武扬威。所到之处,百姓或躲躲闪闪,或唯唯诺诺,听任搜刮掠夺。官船去后,无数人倾家荡产，水面上一片萧条零落。作品紧紧抓住官船“每到辄吹号头”的特征不放，构思巧妙，语言诙谐而辛辣，极尽冷嘲热讽之能事。“曲儿小，腔儿大”，一语双关，言此及彼，暗指宦官狐假虎威，装腔作势。曲、腔二字儿化，饱含蔑视情绪。“乱如麻”言官船往来之频繁，“全仗你”句再次扣住题目，突出“喇叭”的作用。以下六句，分别以“听”、“吹”二字贯穿，字面处处写喇叭，实则句句控诉宦官鱼肉百姓的罪行。结句以“眼见得”统摄，强调所叙事实的客观性。真是嬉笑怒骂，皆成妙文。

中吕朝天子　瓶杏为鼠所啮[①]

斜插，杏花，当一幅横披画。毛诗中谁道鼠无牙，[②]却怎生咬倒了金瓶架！水流向床头，春拖在墙下，[③]这情理宁甘罢？哪里去告他，何处去诉他？也只索细数着猫儿骂。[④]

【注释】

①啮(niè)：咬。　②毛诗中谁道鼠无牙：《诗经·行露》有“谁谓鼠无牙”句。《诗经》为毛公所传，又称毛诗。　③春：指花。　④只索：只须。

【品评】

这是一篇饶有趣味的叙事小令。作者用作装饰的一瓶杏花被老鼠咬倒，弄得狼藉不堪，不禁又气又恼，啼笑皆非。在一般人或许是熟视无睹的日常小事，却被作者写得妙趣横生，其奥秘在于观察生活、驾驭文字的深厚功力与高超技巧。起首三句十个字，写出瓶中杏花的姿态。“斜插”与“横披画”相呼应，可见花叶扶疏，横伸枝杈；又可见重心倾斜，容易翻倒，这就为下文作了铺垫。第四句借用《诗经》句，信手拈来，与下句连接自然，了无痕迹。如此用典，绝非吊书袋，而真正是古为今用，雅俗结合，臻于化境。“水流”二句，粗线条勾勒出花瓶翻倒之后的画面。只见水从瓶中流出，四处漫延，淌向床头；花也被糟蹋得七零八落。“春拖在墙下”，属神来之笔，韵味深长。作者在触目生嗔、哭笑不得之余，拿猫来出气。他明知瓶杏为鼠所啮，与猫无关，但猫管不住老鼠，就该代人受过。其实，不骂无法泄愤，骂骂也是白骂。“细数着”三字，活画出无可奈何的姿态。这一系列心理活动，写得微妙传神，活灵活现，带有喜剧、闹剧色彩，显得作者风趣开朗，善于戏谑。全篇统用白描手法，不假雕饰，娓娓道来，写得俳谐佻挞，令人忍俊不禁。

古调蟾宫[①]　元宵

听元宵往岁喧哗，歌也千家，舞也千家。听元宵今岁嗟呀，愁也千家，怨也千家。哪里有闹红尘香车宝马？只不过送黄昏古木寒鸦。诗也消乏，酒也消乏。冷落了春风，憔悴了梅花。

【注释】

①此曲牌即北双调［蟾宫曲］，又名［折桂令］。十一句七韵，本曲有变化。

【品评】

据《尧山堂外纪》载：弘治、正德时，“高邮元宵最盛，好事者多携佳灯美酒，即西楼为乐。……后经荒岁苛政，闾阎凋敝，良宵遂索然矣。”可作为这首小令的注脚。作品用今昔对比的手法，以往昔反衬今日，重点在揭露时弊，宣泄心中的感伤。开头三句十五个字，概括“往岁”元宵佳节的一派欢乐景象。接着写“今岁”元宵，又三句十五个字，句式完全相同，而内容却是写人民怨声载道，愁苦不堪。这就造成排比句法，仅几个关键的词不同，便形成了强烈的反差。紧接着又是两个排比句，上句以“哪里有”统摄，仍寓有对往日车水马龙、摩肩击毂的热闹气氛的记忆与留恋；下句用“黄昏古木寒鸦”状今日元宵之萧条冷落，意境颇似马致远名句“枯藤老树昏鸦”，真觉萧索苍凉，冷气袭人。末二句寓情于景，具有诗词般的含蓄。元宵佳节，景明气和，春风、梅花结伴降临人间，可是眼前窳败的景象，使它们感到毫无意趣，怅然若失。在这里，作品虽无一语写人，却充分表达出人的心灰意冷、兴致索然的伤感情绪。

康　海(1475—1540)

字德涵,号对山、浒东渔父,陕西武功人。弘治十五年(1502)状元,任翰林院修撰。武宗时宦官刘瑾被杀后,他名列瑾党而免官,此后以山水声伎自娱。为“前七子”之一,诗文有《对山集》,杂剧有《中山狼》、《王兰卿》2 种。散曲有《浒东乐府》,风格豪放跌宕。

双调雁儿落带过得胜令　饮闲[①]

[雁儿落]数年前也放狂,这几日全无况。[②]闲中件件思,暗里般般量。　[得胜令]真个是不精不细丑行藏,怪不得没头没脑受灾殃。从今后花底朝朝醉,人间事事忘。刚方,傒落了膺和滂。[③]荒唐,周全了籍与康。[④]

【注释】

①饮闲:闲中吟咏。　②无况:无味。况:况味。　③膺和滂:东汉的李膺和范滂,因关心朝政、反对宦官专权,被迫害致死。　④籍与康:阮籍与嵇康,魏晋时“竹林七贤”中人物,消极避世,饮酒清谈,生活自在。

【品评】

康海散曲多豪放跌宕之作,这首带过曲即其中的代表作之一。作品采用层层铺开、步步深入的手法,回忆以往经历,总结人生教训，发泄愤懑情绪。[雁儿落]四句初涉往事，语调平缓。“闲中”二字，可见恬淡。然而，对“件件”、“般般”往事思考的结果，却好比千万条涓涓小溪汇集起来，愈阔愈猛，终至于翻江倒海，奔腾咆哮。作者先说自己因失于算计而遭灾，倒不如忘却世事，醉卧花间。悲怆之中，饱蘸着郁勃之情，闲适之意随之荡然。末四句用典，将李膺、范滂的刚方遭害和阮籍、嵇康的放达逍遥作对比，字面上像是欣赏圆滑、荒唐，骨子里实是褒扬刚直方正。作者有过无端被免官的坎坷经历，他的满腹牢骚、一腔愤慨，似岩浆一般喷射而出，发出夺目的光辉。全篇似乎处处散布着怅惘、失望的灰色情调，然而句句蕴含着激愤与抗争。愤懑之情，全从反语中溢出，显得耿耿不平，冷峻峭拔。

仙吕寄生草　读史有感

天应醉，地岂迷？青霄白日风雷厉，昌时盛世奸谀蔽，忠臣孝子难存立。朱云未斩佞人头，[①] 祢衡休使英雄气。[②]

【注释】

①朱云：西汉人，字游。成帝时上书劝斩佞臣张禹，帝怒，几杀之。　②祢衡：汉末人，字正平。曾击鼓骂曹操，操乃送衡于刘表，表又送之于江夏太守黄祖处，终为黄祖所杀。

【品评】

这是一首借古讽今、抨击朝政的小令。开头两句反诘，实为“天岂应醉，地岂应迷”之意。责难天地，短促有力。天醉地迷，实际上是对朝廷上下进行抨击，故起首便石破天惊，直捣枢要。紧接着是三个反接句，气势更为凌厉。先以“风雷厉”接“青霄白日”，言表面上的风和日丽，蕴藏着狂风霹雳。再以“奸谀蔽”接“昌时盛世”，意为所谓升平盛世，只不过是被阿谀、奸佞之辈吹出来的假象而已，朝廷其实受了蒙蔽。末以“难存立”接“忠臣孝子”，直接揭露封建王朝重用权奸、迫害贤臣的罪行。三个反接句中，第一句是起兴，作用在于引出主旨。把前后意思相反的词组接续成句，显得深刻、有力，可谓一语千钧，力透纸背。末二句用典，扣住题目，进一步深化主旨。作者选取的历史人物，一个是汉代朱云，曾上书皇帝斩佞臣张禹，事败几遭杀身之祸；另一个是击鼓骂曹的祢衡，最终死于黄祖之手。作品通过他们的不幸遭遇，揭示出古往今来所有志士仁人的悲剧命运。全篇以设问起首，咏史作结，音节铿锵有力，感情澎湃奔涌，读来令人扼腕长叹。

中吕满庭芳　华山

名山自好，三峰俱俊，四望都高。分明云气涵灵灏，①瀑响箫韶。②玉女池光摇天表，仙人掌翠捧丹霄，小可的如何到？③十洲三岛，④望似酒杯饶。⑤

【注释】

①灵灏：浩荡无际的天空。　②箫韶：相传舜时乐名，这里泛指美妙动听的音乐。　③小可的：轻易的。　④十洲三岛：传说中神仙居住的地方，在大海中。　⑤饶：多的意思，这里意为大小。

【品评】

名山之雄伟壮丽，从不同的角度观赏，其感受也必然是各有千秋。正所谓“横看成岭侧成峰，远近高低各不同”。居高临下，往往会有一种超越感、自豪感，故杜甫有“会当凌绝顶，一览众山小”的名句。至于李贺写“遥望齐州九点烟，一泓海水杯中泻”，已是飘飘然、悠悠然，进入到神话般的境界中去了。康海的这首小令，也是从西岳华山的顶峰着笔的。先是环顾四周，莲花峰、仙人掌、落雁峰鼎足而立，竞呈雄姿。然后抬头仰视，只见云雾缭绕，笼罩着浩渺无际的天空，令人感到天庭虽近在咫尺，却神秘莫测。侧耳倾听，远处飞瀑的响声宛如美妙动听的乐曲。再看近处，玉女池波光粼粼，“天表”倒映在水中，随之荡漾摇摆；翠绿的仙人峰顶像一只巨大的手掌，将蓝天轻轻托起。最后俯视地面，往日辽阔无垠的“十洲三岛”，小得就像一只只酒杯，这与九点烟尘的比喻，有同工之妙。总之，作者站立在华山之巅，他的目光不断变换角度，就像一部多功能的摄像机，把华山远、近、高、低的千姿百态一一摄入镜头。作品比喻新奇、想象奇特，是散曲中不可多得的浪漫主义杰作。

中吕满庭芳　行役

千山万水，饥餐渴饮，力倦心悲。阴晴险阻谁拘忌，[①] 弃子抛妻。睡正酣邻鸡唤起，步难移前路催挤。二字名和利，伤今念昔，恨杀子规啼。[②]

【注释】

①拘忌：顾忌。　②子规啼：子规即杜鹃，啼声如“不如归

去”，常被诗人用来表达思归的感情。

【品评】

人在江湖，身不由己。封建时代的官吏，往往处于两难的选择之间：一方面不停地追名逐利；一方面又畏惧仕途的蹭蹬坎坷。康海的这首[满庭芳·行役]便是许多封建官吏仕途生活的生动写照。前三句，每句四字，鼎足而对，顿挫抑扬，词约旨丰。寥寥十二个字，便活脱脱刻画出一个终年奔波劳碌、餐风宿雨、心力交瘁的行役者形象。然而这还远不足以道尽行役者所付出的巨大代价，故下四句历数行役之苦，足令人望而生畏，裹足不前。在作者笔下，行役者须“弃子抛妻”，远离温馨的家庭；须闻鸡而起，睡眼惺忪地迈上征途；须在“催挤”不堪的羊肠鸟道上艰难前行，这其实暗寓官场倾轧之凶险、宦海沉浮之艰辛。既然知此，何不趁早挂冠归田，去过安逸闲适的日子呢？作者坦诚地剖白了自己为“名和利”困扰，欲罢不能，彷徨、苦恼的心境。末句“恨杀子规啼”，写自己唯恐听到杜鹃鸟“不如归去”的鸣叫声，以撩起强压在心底的烦恼。这是用凝练的语言，刻画人物复杂的心理活动，可谓微妙传神。总括全篇，前七句是客观描述，后三句抒情，前后连接自然，既真实、形象地描绘出仕途的艰难险阻，又抒发了作者“心为形役”、自相矛盾的痛苦心情。

中吕红绣鞋　秋碧

扑翠色秋山如靛，① 涌寒波秋水连天。西风黄叶满秋川。秋唤起天边雁，秋折尽水中莲，秋添出阶下藓。②

【注释】

①靛(diàn):青蓝色的染料。 ②藓:苔藓。

【品评】

散曲中以秋为题材的作品不少。但从马致远的名篇[天净沙·秋思]之后,大凡写“秋”的,一般都避开“愁”与“思”,或避开与之有关的萧杀冷落的意蕴而另觅新题。这大概是诗人们有“眼前有景道不得,崔颢题诗在上头”之叹吧。此曲抓住“碧”色以写秋景,把秋天描绘得绚丽多姿,富有生气,读来别有韵味。第一句写“秋山”,山色苍翠靛青,浓绿扑面飞来。第二句写“秋水”,波涛连天,水天一色,碧澄空灵,寒波涌起,周围布满森然的绿意。第三句写“秋川”,一水如带,黄叶纷纷,正是“秋风吹渭水,落叶满长安”的境界;黄叶衬着绿波,斑斑驳驳,分外醒目。以上分写自然景物,深浅明暗,各不相同。后三句,句法转变,“秋”成了主语,成了万物的主宰。它“唤起”天边的大雁,让人看到秋空的晴碧;它“折尽”水中的莲茎,让人看到荷塘铺满田田暗绿;它“添出”阶下的苔藓,让人看到霜风里呈现的一痕嫩绿。此曲题为“秋碧”,“秋”字句句出现,语语重复,处处都能翻空出奇;而“碧”字却始终没有出现,作者只选择最有代表性的景物加以暗示或渲染,把“碧”的颜色、层次留给读者想象,让读者从领略“碧”的意趣中看到“秋”的生机。

陈　铎(约1488—1521)

字大声，号秋碧，原籍下邳(今江苏省邳县)，世居金陵(今南京市)。世袭济州卫指挥。精通音律，善弹琵琶，被金陵教坊子弟称为“乐王”。工诗、词、戏剧、绘画。散曲集有《秋碧乐府》、《梨云寄傲》、《滑稽余韵》等，其中后者反映城市生活，展示各阶层的人物风貌，艺术上也最为成熟独到。

正宫小梁州　咏闺情　十二首选一

碧纱窗外月儿高，秋到芭蕉，和衣刚得眼合着。谁惊觉？花底一声箫。　[幺]吹来总是相思调，把闲愁唤上眉梢。展转听，伤怀抱。粉香花貌，一夜为君消。

【品评】

作者有十二首[小梁州・咏闺情]，都用“碧纱窗外月儿”起兴，分咏思妇在不同情境下的不同情态。这一首写月儿已高，夜深人静，思妇在睡眠中被箫声扰醒，触动愁怀，辗转不寐的情景。上阕写思妇被箫声惊醒的经过，下笔先从月亮起兴，因为秋月升天，玲珑剔透，最易引起思妇怀人的情绪。故李白《玉阶怨》诗云：“却下水晶帘，玲珑望秋月。”在小令中，皎洁的月光透过碧纱窗，洒向室内，照在这位和衣而卧的少妇身上。这里强调她刚合上眼，尚未曾酣睡，所以一声呜咽低回的箫声，就能将她唤醒。“谁惊觉”三字非常传神，可以想见思妇睡眼惺忪、情怀缱绻、困惑疑虑的动作和神态。下阕写思妇醒后一夜不眠的情景。这箫声如泣如诉、哀怨凄婉，触动了思妇的怀人之情。她紧锁双眉，辗转反侧，随着箫声的起伏、断续，相思之情也越深越苦，竟致于彻夜以泪洗面。作品语言凝练含蓄，刻画人物心理细腻委婉，带有六朝文人诗、乐府民歌的脂粉气，以及南宋词的婉约风格。这可能与作者长期居住金陵有着密切的关系。

双调沉醉东风　闲情

铺水面辉辉晚霞，点船头细细芦花。缸中酒似渑，[1]天外山如画，占秋江一片鸥沙。若问谁家是俺家，红树里柴门那搭。[2]

【注释】

①酒似渑：酒像渑水那么多。《左传·昭公十二年》：“有酒如渑，有肉如陵。”渑水：古河名，今已淤塞。原作“酒似绳”，今改。　②那搭：那里、那一带。

【品评】

这是一首寓情于景、耐人品味的小令。前二句写江畔晚景，描绘出一幅色彩鲜明的美术图画。只见火红的晚霞倒映在水中，就像一面巨大的锦缎铺展开去，雪白如絮的芦花被微风吹动，轻轻拂过船头。这两句中的“铺”和“点”两个动词用得好。前一句令人想起谢朓的名句“余霞散成绮，澄江静如练”。后一句则富有动感，仿佛让人看到芦花与船头轻轻碰撞、微微点头的样子。两句动静结合，红白相映，令人赏心悦目。三、四句一近一远，把画面拉开。“酒似渑”是近景，仔细品琢，已有“闲情”的味道。“山如画”是远景，山与天衔接，犹如一幅墨绿色的画屏，将江畔的美景镶嵌其间。第五句是中景，沙鸥飞翔于近江和远山之间，整幅画面更富有立体感。以上客观写景，很难看出情感色彩。但第六句设问，末句画龙点睛般的自答，遂使满纸皆活：若问我家在何处，喏，就是“红树里柴门”那一家。原来作者的家就在这风景如画的地方！身处此中，柴扉为门，沙鸥作伴，美酒尽饮，其悠闲自适之情，自然溢出纸外。这篇作品看似见物不见人，实则寓主观情感于景物之中，风格含蓄，语言清丽。

双调雁儿落带过得胜令　机匠

[雁儿落]双臂坐不安，两脚蹬不办。① 半身入地牢，间口哝荤饭。②　　[得胜令]逢节暂松闲，折耗要赔还。络纬常通夜，抛梭直到晚。捋一样花板，③ 出一阵馊酸汗。④ 熬一盏油干，闭一回瞌睡眼。

【注释】

①蹬不办：不停地踩踏。　②哝(chuáng)：同“噇”，吃。③捋(lǚ)：整理。画板：能织出不同花纹的板机。　④馊：食物变质发出的酸臭味。

【品评】

陈铎《滑稽余韵》中的小令，广泛描绘了社会上各色人等的生活状况。这首带过曲写织布工匠，逼真而生动地展示出明中叶资本主义萌芽时期雇佣工人的劳动强度和艰辛生活。[雁儿落]四句，写机匠紧张操作的景况。他们使用旧式织机，须用两条腿不停地踩踏板，连带双臂轮番起动，而上半身却要呆坐直挺，不能自由活动。这种机械式的操作，简直把人也变成了一架机器。惟一不同的是人要吃饭，但只能抽出一点点间隙吃上几口粗劣的饭菜。我们不禁想起大艺术家卓别林在电影《摩登时代》中那滑稽而又令人心酸的精彩表演。[得胜令]从具体操作的描写转到对机匠们日常生活和劳动的叙述。由于机主采用计件包工制，所以工人即使逢年过节可以暂时得以歇息，但因此而耽误的时间必须折成损耗赔偿。在生活的驱使下，他们夜以继日，抛梭络纬，忍饥耽困，汗流浃背；不知熬干了多少盏灯油，度过了多少个不眠之夜。这里集中叙述夜间工作的辛苦，感受真切。末句写机匠困极打盹的神态，尤为形象。作品用白描手法，通篇客观叙述，但字里行间充满着对机匠的同情。

杨　慎(1488—1559)

字用修,号升庵,四川新都人。杨廷和之子。明正德六年(1511)状元,授翰林修撰。后因向世宗直言进谏而谪戍云南。学识渊博,诗、文、词、曲皆负盛名,著作达百余种,后人辑为《升庵集》。散曲有《陶情乐府》,富有才情,颇多真挚爽朗之作。

双调驻马听[①]　和王舜卿舟行[②]

明月中天,照见长江万里船。月光如水,江水无波,色与天连,垂柳两岸净无烟,沙禽几处惊相唤。丝缆停牵,乘风直上银河畔。

【注释】

①"驻马听"句式为四七、四七、七三、三七。八句六韵,第一、第三句可不用韵。　②王舜卿:作者友人,生平不详。

【品评】

初唐诗人张若虚有一首著名的《春江花月夜》,被闻一多先生誉为"诗中的诗,顶峰上的顶峰"。杨升庵的这只小令,堪称异曲同工。作品写月夜泛舟长江所见到的幽美景色和由此引起的幻想,意境邈远辽阔,语言明净华美,富有诗的韵味。开头两句,写天上月与江中船;一个"照"字,将上下连为一体。这两句是宏观远景,很有气势。读者不仅可以领略“皎皎空中孤月轮”一般静谧深邃的夜空美景,还可以想见月光照耀下浩瀚奔流的江水,江水中稳舵前行的航船。三、四句把镜头拉近:“月光如水,江水无波”;五句再把画面推开:“色与天连”。这就描绘出一个月光、江水、天色相互交融、银装素裹的奇妙境界。下句写江岸的树木,用“净无烟”,使之与整幅画面协调。再写水鸟,以动显静,有“月出惊山鸟”的艺术效果。这皓月当空、江天一色的美景,引起了作者的遐想:让我们乘风把船直驶到天空中的银河中去吧!作品写了月、天、江、船、树、鸟,而又以月为主体,各种景物无不笼罩在一片空灵迷茫的银色月光中。就连作者那飞升河汉的幻想,也由月光唤起。如果说《春江花月夜》是一部月夜畅想曲的话,那么这首小令就是小巧玲珑的月夜咏叹调。

南商调黄莺儿

客枕恨邻鸡,未明时又早啼,惊人好梦,回千里。星河影低,云烟望迷,鸡声才罢鸦声起。冷凄凄,高楼独倚,残月挂天西。

【品评】

这首感伤的思乡之曲是作者谪居云南时所作。全曲可分为两层。前四句一气呵成,叙述鸡啼惊梦的经过。作品采用倒叙方法,先说“恨邻鸡”,何以要“恨”呢?因其未明而啼叫声惊破了归乡之梦。这“恨”字,包含着语言难以表达的怨愤。如果我们知道作者被谪云南三十余年,最终死于戍所,就不难理解他何以如此珍惜这个“千里”之外与亲人相会的梦。后六句写梦醒之后的情景。作者独倚高楼,遥望夜空,只见银河低垂,云烟弥漫,残月西斜;又听得乌鸦那撩人心绪的叫声,真是一片“冷凄凄”的景象。作品寓情于景,戍人那孤寂、哀愁的情绪,尽在不言之中了。有一首南朝民歌说:“打杀长鸣鸡,弹去乌臼鸟。愿得速冥不复曙,一年一年都一晓。”唐人金昌绪有《春怨》诗云:“打杀黄莺儿,莫教枝上啼。啼时惊妾梦,不得到辽西。”杨慎的这首《黄莺儿》小令,当受到上述作品的影响。但小令写的是戍人思乡之愁,与欢娱恨短或闺中怀人的情感都不同。另外,作品意境孤凄,情调感伤,也是前两者所没有的。

中吕普天乐　别张愈光[①]

碧鸡秋,[②]青蛉夜。[③]一年光景,四度离别。春风燕麦摇,[④]冷雨芙蓉谢。眼前傀儡儿童社,[⑤]滚波涛不辨龙蛇。无情岁月,空成叹嗟,老了豪杰。

【品评】

①张愈光:名含,字俞光,云南永昌人,杨慎的挚友。②碧鸡:碧鸡山,在云南昆明附近。　③青蛉:青蛉水,在四川西昌县。　④燕麦:这里指西南高原地区种植的青稞麦。⑤傀儡:木偶戏。儿童社:迎神赛时儿童扮演的游戏。

【品评】

齐梁间的江淹曾经把离别概括为“黯然销魂”四字,而这首小令却蕴有更为深厚的内涵。作品铺展出四层意思,一线贯穿，卒章显志。前四句为第一层，写作者与张愈光的友情。其中地点、时间都是代指，而一年“四度离别”也非实数，均为表现二人过从甚密，情谊甚深。因此，他们对于阴晴圆缺、悲欢离合早已司空见惯，用不着临歧握别的黯然伤魂，也没有各向天涯的无限愁绪，只是在分手之时，倍想抒发人生的感受。五、六句为第二层，写四季时光的代谢，与末三句相照应；同时暗寓政治气候的风云变幻。唐柳宗元有“惊风乱飐芙蓉水”句，可作参证。七、八句为第三层，表面上写二人相别时所目击的千村社戏、万里波涛的情景，其实语带双关，有讽谕朝廷昏庸、贤愚不分、薰莸莫辨的意味。“傀儡”、“龙蛇”云云，语气辛辣而又含蓄。末三句是第四层，作者对时光飞逝、壮志未酬表示无限感慨。这三句字字千钧，声声重锤，是作品的最强音。总括全曲题旨，实在发人深省。请看：在无数次的聚合离散中，在险恶多变、昏庸腐朽的政治环境中，一对挚友空怀抱负、无所作为；而今相看白发皤然，不禁长叹一声：“老了豪杰。”这是赠别，亦是自许，又是相怜相惜。此曲采用近似“意识流”的手法，情感起伏跌宕，思绪一波三折，为一般赠别题材所少见。

常 伦(1493—1526)

字明卿,号楼居子,山西沁水人。正德六年(1511)进士,官大理寺评事。因在调判寿州时辱骂御史,罢归。后醉中舞刀驰马渡水,马惊蹶,刀穿腹而死。善赋诗,有《常评事集》,散曲有《写情集》,风格步武元人。

南商调山坡羊

闷葫芦一摔一个粉碎,[①]臭皮囊一挫一个蝉蜕,[②]鸦儿守定兔窠中睡。[③]曲江边混一回,[④]鹊桥边撞一回。[⑤]来来往往,无酒也三分醉。空攒下个铜斗儿家缘也,[⑥]单买那明珠大似椎。恢恢,[⑦]试问青天我是谁;飞飞,上的青霄咱让谁?

【注释】

①闷葫芦:比喻难解之谜、猜不透的世事。 ②臭皮囊:佛、道二教用以指人的躯体。 ③鸦儿守定兔窠中睡:意为一天到晚沉睡不醒。鸦、兔分别指太阳、月亮,白天、黑夜。 ④曲江:即曲江池,唐代长安的一个游览胜地,此处泛指娱乐场所。 ⑤鹊桥:民间传说,七夕时乌鹊在天河为牛郎织女搭桥,使他们得以相聚,这里借指男女私会的场所。 ⑥铜斗儿家缘:巨大的家财。 ⑦恢恢:宽广无边的样子。

【品评】

文如其人。常伦这首[山坡羊]不仅是他纵情声伎、放荡不羁的生活写照，也体现出他豪放恣肆、信马游缰的文风。作品一开始就洒脱得惊人：世间一切看不透的东西其实都用不着费猜详，一切束缚自己肉体的东西都应当尽力挣脱。三至七句具体写纵酒贪欢、逍遥任诞的生活方式，表现其看破红尘、玩世不恭的处世态度。八句以下抒情。先以"空"字带给八、九两句，揭破钱财乃身外之物的真相；然后表明要冲出俗世，到广阔无边的宇宙中去自由自在地遨游。颇有《庄子·逍遥游》的境界与韵味。作品大量使用衬字，视曲律为掌中之物，已经到了驾轻就熟、随心所欲的地步；句式随感情、内容的变化而忽长忽短、无拘无束。一、二句用"闷葫芦"对"臭皮囊"，通俗而生动；"一摔一个"、"一挫一个"，掷地有声，嘎嘣作响。三句用典，却视同儿戏，信手拈来。四、五句用"混"、"撞"两个动词，将一个浪子形象表现得栩栩如生。末四句用两个二、七言句式，显得雄奇恣肆、飘逸豪放。整首曲子朴实自然，挥洒自如，保持了曲的口语化、本色化特点，显示出作者驾驭语言的高超技巧。

双调沉醉东风　无题

惊晓梦数竿翠竹，报秋声一叶苍梧。[1] 迷茫远近山，浅淡高低树，看空悬泼墨新图。[2] 百首诗成酒一壶，人在东楼听雨。

【注释】

①苍梧：深青色的梧桐叶。　②泼墨：中国山水画方法之

一。相传唐王洽每于酒酣作泼墨画，后世泛指笔势豪放、墨如泼出的画法为“泼墨”。

【品评】

这是一首描写秋天雨景、抒发恬淡心情的小令。首两句先声夺人，从听觉写起，带动视觉。主人公被雨声惊醒晓梦，举目窗外，但见翠竹、苍梧经新雨的洗礼，枝叶分明，历历可数，格外清新。三、四句写远景：由于细雨濛濛，山峦若隐若现，忽明忽暗；树木或高或低，浅淡素雅。这四句描绘出一幅远近分明、错落有致的立体风景画。远处以空濛迷茫的山和树为背景，色彩淡而疏；近处有鲜明碧翠的竹枝、梧叶作主体，色彩幽而雅。大自然的天造地化、鬼斧神工，足令任何高明的画家叹为观止。第五句“空”字，使室内的“泼墨新图”在窗外景色的比照下黯然失色！这是用反衬法，突出渲染秋天雨景的幽美绮丽。末两句写人：主人公一面以诗下酒，自斟自酌；一面侧耳听雨，心不在焉，活画出“听雨人”悠然自得、恬淡闲适的神态。作品用声东击西、围魏救赵之法，通篇写秋声秋色，最后才露出“雨”字来，使整篇意境浑然增辉。另外，此曲看似写景，直到结句才漫不经心的点出“人”来，使全篇饱含景色醉人的深层意蕴。这是一幅令人心驰神往、宠辱皆忘的绝妙画图。

黄　峨(1498—1569)

字秀眉，四川遂宁人。杨慎之妻，世称黄夫人。杨慎谪云南后二年迎至贬所，后奔丧新都，与丈夫分别达三十年。能诗词，散曲尤有名，有《杨夫人乐府》。风格缠绵悲切，有“曲中李易安”之誉。

双调雁儿落带过得胜令

[雁儿落]俺也曾娇滴滴徘徊在兰麝房，[1]俺也曾香馥馥绸缪在鲛绡帐。[2]俺也曾颤巍巍擎他在手掌儿中，俺也曾意悬悬阁他在心窝儿上。　[得胜令]谁承望：忽刺刺金弹打鸳鸯，支楞楞瑶琴别凤凰。我这里冷清清独守莺花寨，[3]他那里笑吟吟相和鱼水乡。[4]难当，小贱才假莺莺的娇模样；[5]休忙，老虔婆恶狠狠做一场。

【注释】

①兰麝：兰与麝香，均为香料，古代贵族常涂于房中。②鲛绡：相传为鲛人所织之绡。鲛人，神话传说居于海底的怪人。绡：薄纱。　③莺花寨：旧指妓院。　④鱼水乡：指男女欢会的场所。　⑤莺莺：此处指容貌端庄、举止娴雅的少女。

【品评】

封建时代以男性为中心,就连描写妇女心理活动的作品,也多出自男性手笔。巾帼作家,有如凤毛麟角。黄峨的这首带过曲,描述妓女遭受冷落之后的心理历程,语言泼辣俏皮,形象生动逼真,堪称不让须眉之作。[雁儿落]连用四个排比句,一口气道出女主人公与"他"如胶似漆、甜蜜幸福的生活。但句首冠以"俺也曾",便成为一种撩人心绪、甜中带涩的回忆。[得胜令]陡然逆转,一个"第三者"插进他们之间,将琴瑟和谐、形影不离的一对鸳鸯活生生拆散。作品用"谁承望"承接上曲,领起以下四句,以衔接主人公巨大的心理落差。她的心情此时已由甜变苦,怅然若失。末四句又一转,女主人公不甘被冷落、受寂寞,决心去和那个装幺作态的"小贱才"、破人姻缘的"老虔婆"一争高下,可见其由怨变恨,怒火中烧。作品中女主人公的情绪瞬息多变,心理活动微妙细腻。作者善于使用后一字重叠的形容词,以加重情感色彩。全曲十一句,除一个三字句,两个二字句外,全都使用了这样的词语,如"娇滴滴"、"颤巍巍"、"忽刺刺"、"笑吟吟"等,用以模声、状物、拟情、仿态,使整篇作品显得声情并茂,生动活泼。

南商调黄莺儿　苦雨

积雨酿轻寒,[①]看繁花树树残。泥途满眼登临倦。云山几盘,江流几湾,天涯极目空肠断。寄书难,无情征雁,飞不到滇南。

【注释】

①酿：此处为造成的意思。

【品评】

黄峨与杨慎分别达三十年之久，她对丈夫的苦苦思念，是难以用语言表达的。她在一首《寄外》曲中说"金鸡惊散枕边蝶"，与杨慎的[黄莺儿]曲对照来读，真可谓"心有灵犀一点通"。这一首题为《苦雨》的小令，情景结合，抒写她思念夫婿的愁苦，是历来传诵的名篇。全曲九句，每三句可分为一层。第一层写主人公所为。其中一、二句写"积雨"所造成的花木凋零、道路泥泞的景况，起到渲染环境、衬托人物心情的作用。第三句写主人公临途远眺、翘首伫立的场面，才触到作品的主旨。一个"倦"字，可见痴情的"她"不知已期待了多久，她就像一尊"望夫石"，沉默着，企盼着。第二层写主人公所见。"云山几盘，江流几湾"，象征着阻隔在她与丈夫之间的万水千山。然而望断天涯无觅处，"空肠断"三字，见出多少哀怨，多少失望，多少痛苦！第三层写主人公所想。盼人不归，只有靠鸿雁传书了。但自古以来，便有"雁飞衡阳不到郴"之说，更何况"滇南"那样遥远的地方呢！"无情"二字，真是痛极而怨，错怪候鸟了。三层之间环环相扣，情感层层推进，真挚感人。语言缠绵悲切，而又凝炼含蓄，代表了黄峨作品的主要风格。据说杨用修写曲以和，不能胜。

南吕骂玉郎带过感皇恩采茶歌　仕女图

[骂玉郎]一个摘蔷薇刺挽金钗落。一个拾翠羽，一

个捻鲛绡，一个画屏侧畔身斜靠。一个竹影遮，一个柳色潜，一个槐阴罩。　　[感皇恩]一个绿写芭蕉，一个红摘樱桃。一个背湖山，一个临盆沼，一个步亭皋。一个管吹凤箫，一个弦抚鸾胶。一个倚阑凭，一个登楼眺，一个隔帘瞧。　　[采茶歌]一个愁眉雾锁，一个醉脸霞娇。一个映水匀红粉，一个偎花整翠翘。一个弄青梅攀折短墙梢，一个蹴起秋千出林杪，一个折回罗袖把做扇儿摇。

【品评】

这首由三支曲子组成的带过曲，吟咏一幅《仕女图》。全曲二十四句，每句都以“一个”领起，组成二十四个排比句，分别描摹图画上二十四位仕女的表情姿态，可谓穷形尽相，美不胜收。作者运用娴熟的白描手法，对每一个仕女，只用一句话，就勾勒出她的神情，摄取下她的动作。同是以手握物，有的“摘”，有的“拾”，有的“捻”；同在树阴下，有的“竹影遮”，有的“柳色潜”，有的“槐阴罩”；同是演奏乐器，有的吹箫，有的抚琴；同是抬眼观望，有的“倚阑凭”，有的“登楼眺”，有的“隔帘瞧”。加之表情有愁有喜，色彩有红有绿，步履有急有缓。二十四位仕女的神情姿态，竟然无一雷同，真令人惊叹！它充分满足了读者视觉的审美需要，打开了一个五彩缤纷的艺术世界。作品一气呵成，完全打破了曲牌间的界限，使三支曲子浑然一体，音律上也完全融洽协调。元代王大学士有一套[点绛唇]套曲，分别歌咏一百个儿童的嬉戏情态，除开头的两支曲牌外，每句也都用“一个”起首。黄峨的这首带过曲，显然受到它的影响。

李开先(1502—1568)

字伯华,号中麓,山东章丘人。明嘉靖八年(1529)进士,官至太常寺少卿。因上疏抨击朝政,罢官家居近三十年。诗、文、曲俱佳,传奇以《宝剑记》最有名。散曲有《中麓乐府》、《中麓小令》等,风格清峻。

南仙吕傍妆台[①] 无题

曲弯弯,一轮明月照边关。恨来口吸尽黄河水,拳打碎贺兰山。[②]铁衣披雪浑身湿,宝剑飞霜扑面寒。驱兵去,破虏还,得偷闲处且偷闲。

【注释】

①此曲牌又名[临镜序],属南仙吕宫,句式为三七、五五、五五、三三七。九句六韵,第三、第五、第七句不用韵。 ②贺兰山:在今宁夏西北边境和内蒙古接界处,古鲜卑、匈奴族居处。

【品评】

李开先这首小令,把边关将士得艰苦戍边和战争结束后的激流勇退作比照,奏出了"太平本是将军定,不许将军见太平"这一悲怆的弦外之音。前两句写边关夜色,"残月"独照,意境凄清,与下文更具体的环境描写相协调。三、四句写戍边将士的宏伟志向。作品用夸张手法,想象奇特、比喻新颖、语言豪放，大有气吞山河、擎天立地之势，读来令人振奋。五、六句抓住北疆气候寒冷的特点，用七言对仗句式，极言作战环境之艰苦，具有盛唐边塞诗的气派。接下来，作品略去敌我双方短兵相接、浴血交战的过程，只用“驱兵去，破虏还”六个字，交待了战争的结果。正当一般人所期待的衣锦凯旋、封侯拜爵即将到来之时，末句却急转直下：“得偷闲处且偷闲”，直从沸点降到冰点，令人迷茫困惑。然而掩卷长思，却不难悟出兔死狗烹、鸟尽弓藏的道理。为防不测，倒不如及早解甲归田，逍遥散诞。作品的深刻旨意，正蕴含在一热一冷的巨大反差之中。李开先共有[傍妆台]南曲一百首，都用共同的结构。作者自己说，这些作品“多悲愤之音，激烈之辞”，看来此言不虚。

金　銮

字在衡，号白屿，甘肃陇西人。生卒年不详。侨居金陵。明嘉靖、万历间在世。卒年九十。性情豪爽，洞解音律，常结交四方豪士，酒酣据几，高吟长咏。擅诗文，散曲有《萧爽斋乐府》，风格于清丽中见诙谐。

双调沉醉东风　忧旱

我则见赤焰焰长空喷火，怎能够白茫茫平地生波。望一番云雨来，空几个雷霆过。只落得焦煿煿煮海煎河。[1]料着这露水珠儿有几多，也难与俺相如救渴。[2]

【注释】

①焦煿煿（bó）：形容被火烧得焦干的样子。　②相如：指汉代文学家司马相如，他有消渴病（即糖尿病），常需大量喝水。此句借以比喻自己忧旱的焦灼心情。

【品评】

久旱盼云霓，是普通人的共同感受。杜甫《喜雨》诗云："安得鞭雷公，滂沱洗吴越。"其切望之情毕见。金銮的这首小令，其情亦切，其文亦庄，却发挥了散曲口语化的特点，给人以耳目一新的审美愉悦。作者紧紧抓住干旱、太阳与火的内在联系，使天旱的程度、作者忧旱的心情，都得到充分的表现。首句言烈日当空、骄阳似火。先用叠字形容词"赤焰焰"以见"火"势，复用动词“喷”以显“火”威，比“日色赤如血”（杜甫《喜雨》）的比喻更感炽热，更觉酷虐。五句写久旱造成的河枯龟裂，“焦爆爆”是日晒“火”烤的结果，“煮海煎河”更见“火”的威力。作品具有强烈的感情色彩。开篇由“我”字领起，使整首作品始终伴随着作者的焦灼不安。二句用“白茫茫”形容水势，与上句对照鲜明；但句首冠以“怎能够”三字，便见出虚幻与无奈。三、四句描绘干打雷不下雨的天气情况，其中“望”、“空”二字，写出作者始而翘首以待，最终希望落空的神色姿态。末二句暗用典故，“引火烧身”，进一步突出了作者忧心如焚的心情。

双调水仙子　广陵夜泊[①]

城边灯火几家楼，江上风波一叶舟，月中箫鼓三更后。听谁家犹唤酒？正烟花二月扬州。[②]人已去锦窗鸳甃，[③]物犹存青蒲细柳，怨难平舞态歌喉。

【注释】

①广陵：今江苏扬州。　②正烟花二月扬州：李白《送孟浩然之广陵》诗：“烟花三月下扬州。”　③锦窗鸳甃：指富贵人家的住宅。鸳甃：即鸳瓦，互相成对的瓦。

【品评】

扬州之盛，历代绝称，文人墨客为它留下了多少脍炙人口的名篇佳句。传说唐代有人追求的最高境界是：“腰缠十万贯，骑鹤上扬州。”然而盛极而衰，元末以后的扬州城已经冷落萧条、大不如前了。明初汤式有三首小令写扬州“繁华逐逝水东流”的衰败过程，给人留下深刻印象。此曲写作者夜泊扬州时的所见所闻所感，寄寓着今不如昔的感慨，流露出一丝淡淡的哀愁。作品前两句从视觉方面写。首句“几家楼”与二句“一叶舟”相对，勾勒出江畔晚景的萧疏景象，这很容易让人想起当年“春风十里扬州路”、“二十四桥明月夜”的热闹、繁华。三、四句从听觉方面写。作品以动衬静，写箫鼓声、唤酒声清晰可辨，正显得夜深人静、满城寂然，这景象已不比当年的彻夜笙歌可比。五句借用李白诗句，为避免与上句重复，改“三”为“二”。末三句叙人去楼空、物是人非；当年的“舞态歌喉”，只留下倩影婆娑，余音袅袅，萦绕脑际。整首作品声情并茂，俊语如珠，充分调动人们的视觉、听觉，去欣赏品味、体会思索，令人久久徜徉、回味于凄清艳丽的诗情画意之中。

南商调黄莺儿　新霁[①]

细雨卷轻雷，趁西风过小溪，夕阳芳草浑无际。[②]浮云片时，长空万里，江城独立生愁思。拂虹霓，模糊老眼，还当作上天梯。

【注释】

①霁：雨雪停止，天放晴。　②浑：全。

【品评】

这首小令写江南水乡雨后初晴的景色，并引入作者的愁思。作品抓住“新”字做文章，描绘出雨后初晴过程中的不同画面。首句写急雨骤歇，虽然还飘洒着霏霏细雨、回响着隐隐轻雷，但终成收势。着一“卷”字，预示着天色完全放晴的先兆。这是第一个画面。第三句写夕阳照耀下无边际的芳草，金黄色与草绿色交相辉映，融成一片，格外清新绮丽。这是第二个画面。四、五句写万里长空中残存着几朵飘浮不定的白云，颇有蓝底白花的韵致。这是第三个画面。末几句写长空中的虹霓，未染其色，独重其势，只见一道彩虹从天而降，仿佛是一架可以攀登的云梯。这是第四个画面。四个画面前后贯穿，恰好描述出雨停、日照、天晴、虹生的过程。而在天上阴霾渐开的同时，诗人又写他心头的阴影却无法拂去。他时而漫步郊外，时而独立城头，显得心事重重，愁思缕缕。这与雨后新霁、清芬扑面的景色，形成微妙的反衬。末三句写他由于老眼昏花，竟想用手去触摸彩虹。这带有喜剧意味的自嘲，表面上增加了新霁的情趣，其实又含蓄地流露出上天无门的惆怅。

冯惟敏(1511—约 1580)

字汝行,号海浮,山东临朐人。嘉靖举人,官至保定府通判。隆庆六年(1572)弃官归里。诗、文、词、曲俱佳,尤以散曲在明代曲家中称最。其作品题材广泛,风格爽朗,语言俚俗,散曲集有《海浮山堂词稿》4 卷,计 500 余首(套)。

南正宫玉芙蓉[①]　苦雨　二首

冲开七里滩,[②]淹倒磻溪岸,[③]钓台沉,[④]何处投杆?三时不雨田苗旱,一雨无休水潦宽。[⑤]民愁叹,号天,怨天,这其间方信道做天难。

恰才庆雨泽,岂料为民害。一时间旱潦齐来,墙倾屋塌千家坏,水侵风磨五谷灾。多奇怪,叹吾生毕竟是老穷胎。

【注释】

①此曲牌属南[正宫],一般句式为五五九、七七、三五十。八句七韵,第六句可不用韵,但写起来变化较多。　②七里滩:在浙江富春江,东汉严光曾在这一带隐居。　③蟠溪:古水名,在今陕西省西鸡市东南,相传姜太公在此钓过鱼。　④钓台:磻溪有钓台,相传是姜太公钓鱼的地方;富春江也有钓台,传说是严光钓鱼的地方。以上地名都是借用,形容大水淹没了两岸。　⑤潦(lǎo):雨水大,路上积水成流。

【品评】

一年四时，风雨旱涝，总在人们心头激起酸甜苦涩、喜怒哀乐的情感涟漪。黄峨因雨而唤起思夫之苦，其文犹如一股涓涓小溪，缓缓流入读者心田。而冯惟敏的这两首同题小令，却涨起情感的大潮，汹涌澎湃，激荡人心。作品一开始便以泼墨之笔，写连日大雨兴江涨河，冲堤决岸，势如野马。接着写田间、道路积水成流，百姓愁叹怨号之声不绝于耳。再写大水造成的墙倒屋塌、禾朽谷腐的衰败景象。作者“苦雨”心情之切，比金銮“忧旱”犹有过之。第二首末句用“吾生”一词，把自己和穷苦百姓的命运紧紧联系在一起，传达出与百姓风雨同舟、患难与共的思想感情。在这两首作品之前，作者曾有同调《喜雨》二首，写“久旱逢甘雨”的喜悦心情，其中有“眼见的葫芦棚结了个赤金瓜”句，与民同乐的欣喜之情溢于言表。岂料大雨滂沱如注，无休无止，希望顷刻化为泡影，旱情突然变成水灾。这两首《苦雨》，紧接《喜雨》之后，转喜为悲，变赞为叹，可见他与农民息息相通，心心相印。作者对风云突变、旱涝齐呈的自然灾害的描述，反映出他真挚、一贯的忧患意识。作品的语言朴实自然，铿锵有力。前四句用典，俗中见雅，谐中寓悲，很见功力。

双调蟾宫曲　四景闺词　四首选一

正青春人在天涯，添一度年华，少一度年华。近黄昏数尽归鸦，开一扇窗纱，掩一扇窗纱。雨丝丝，风翦翦，①聚一堆落花，散一堆落花。闷无聊，愁无奈，唱一曲琵琶，拨一曲琵琶。业身躯无处安插，②叫一句冤家，骂一句冤家。

【注释】

①翦翦：形容风吹得很紧的样子。 ②业身躯：积孽的身体。业，同“孽”，罪恶的意思。这是佛教的说法。

【品评】

冯惟敏有四首同调同题的曲子，分四季咏闺情，描摹少妇的离愁别绪，这是其中的一首。作品在写法上反复使用叠字句，每句只换一个字，便构成相反相成的两种意境，惟妙惟肖地刻画出作品中女主人公的心理活动，读来令人击节叹赏不已。作品共分为五个段落，每三句自然成为一段。前三句写岁月流逝，按年龄说每年增添一岁，从整个生命看又减去了一岁。在一“添”一“少”中，流露出主人公对青春不再、欢娱无常的惋惜之情。第二段写人物动作，黄昏临窗，半开半掩，尽数归鸦。在一“开”一“掩”中衬托出人物的百无聊赖、思潮起伏。第三段写自然景物，风雨无情，将落花吹得忽聚忽散。在一“聚”一“散”中，蕴含着少妇对人间的离合聚散黯然伤神，柔肠寸断。第四段写主人公吟曲奏乐，在又“唱”又“拨”中，表现出她思绪纷繁，心乱如麻。最后写她“叫一句冤家，骂一句冤家”，在一“叫”一“骂”中，见出对情郎又恨又爱的缠绵情思。整首作品意境幽美，音调也悠扬动听，读后如品香茗、饮美酒，余香满口，回味无穷。元末明初汤式有同调咏《西厢》曲，结构、句式完全相同，意境、词句也颇为接近。冯惟敏的《四景闺词》，无疑受到它的影响。

正宫小梁州　伺蚁有感

无千无万聚庭阶，犯险的惹祸招灾。那年江省考遗才，[①] 人厮蹋，[②] 多士最堪哀。　　［幺］纵然吾意无毒害，脚到处众命难捱。撒了把细麸皮，引的他忙成块。喜的是手疾眼快，齐入穴中来。

【注释】

①江省：指江苏省。考遗才：科举时代，对未能参加统一考试的生员另行补考，称“考遗才”。　②人厮蹋(xǐ)：互相拥挤，互相踩踏。

【品评】

唐传奇有淳于芬梦游蚁国故事，讽刺追名逐利的士人，李肇闻之赞曰：“贵极禄位，权倾国都，达人视此，蚁聚何殊！”冯惟敏这首小令意旨相近，但较之唐传奇更有居高临下、超然物外的韵味。作品分前后两篇。上篇写举子应试，成千上万的文士熙熙攘攘、挤挤拥拥，不顾随时可能发生的灾祸，争先恐后，弱肉强食，互相践踏，多么可悲！幺篇则写作者“饲蚁”，偶一抬脚就使一片蚂蚁死于非命，撒一点麸皮就引得它们团团抢食，不可开交。从字面上看，前后两篇不相联属，中间标明“幺”字，一顿一转，便间隔开来，各咏其事。但由于两件事具有深刻的内在联系，读后发人深省。它使人想到，那些“无千无万”聚集庭阶的考生，不正像一团蚂蚁吗？“纵然”句暗寓科举制度对士人的折磨与摧残。本来，朝廷招揽人才为的是巩固其统治，但多少人名落孙山，一辈子被踩在脚下，成了牺牲品。“撒了”句形象地写出蝇头微利、蜗角虚名对士人的诱惑，流露出哀悯、嘲讽兼而有之的复杂感情。末二句用群蚁入穴作结，比喻士人全被科举制度愚弄掌握。史载唐太宗开科取士，见应试者摩肩接踵，不禁大悦，说：“天下英雄尽入我彀中矣！”冯惟敏把群蚁入穴与“江省考遗才”相提并论，可谓深切领悟到科举制度的三昧。

正宫塞鸿秋　乞休　二首选一

论形容合不着公卿相，看丰标也没有㑇搜样，① 量衙门又省了交盘账，② 告尊官便准俺归休状。③ 广开方便门，大展包容量，换春衣直走到东山上。④

【注释】

①丰标：丰姿、标格。㑇(chōu)搜：威武、吓人的样子。②交盘账：官员离任前交代、盘算账目。　③归休状：辞官乞归的状纸。　④东山：山名，在浙江上虞县西南，晋谢安曾隐居于此。这里泛指隐居之地。

【品评】

隆庆五年(1571)，作者由保定通判擢为“鲁士师”(鲁王府的审理官)，他不愿就任，写了两首同调的曲子明志，这是其中的一首。前两句写辞官的原因。作品从“形容”下笔，说自己生来不是当大官的样子，没有威武轩昂、风度翩翩的气度。其实达官贵人哪有与生俱来的官相？相貌猥琐而出将入相者大有人在；金玉其外、败絮其中者亦不乏其人。作者故意“以貌取人”，用反语自嘲，骨子里是愤世嫉俗，包含着对怀才不遇、抑沉下僚的不满。三、四句写辞官的经过，将交盘账、递辞呈的过程写得轻轻松松、随随便便。末三句写辞官后走向自由的天地。作品以“方便门”指官衙之门，“包容量”喻胸怀之宽广；此门一开，无数方便齐来，八面好风俱至。作者摆脱官场羁绊的愉快心情，洋溢于字里行间。全曲上段以四个排比取势，中间以两个对句过渡，最后在七字句中加衬字作结，读来奔放洒脱，而又跌宕有致。

刘效祖

字仲修，号念庵，山东滨州人。生卒年不详。寓居北京。明嘉靖二十九年(1550)进士，官至陕西按察副使。后失意退居林泉，以诗、文、词、曲寄托怀抱，发泄牢骚。散曲通俗活泼，富有民歌色彩。但多散失，后人辑为《词脔》1卷。

南双调锁南枝[1]

团圆梦，梦见他；笑脸儿归来，连声问我："我在外几载经过，你在家盼望如何？"说一会功名，叙一会间阔。唤梅香把酒果忙排，与俺二人权作贺。万种相思，一笔勾抹，猛追魂三唱邻鸡，急睁眼一枕南柯。

【注释】

①此曲牌属南双调，句式一般为六七六五、六六五五、六六五六六。十三句十韵，第三、第九、第十句可不用韵，但写起来变化较多。

【品评】

这首小令写儿女风情，温柔旖旎，缠绵悱恻。作品所描绘的"梦境"，简直像一幕活泼风趣、引人入胜的话剧小品。阔别数载，朝思暮想，不料"他"一旦归来，风尘仆仆，笑容满面。

“我”喜出望外，一时竟呆立无语。“他”问道：“我出门几年，想我不？可把你盼苦了吧？”“连声”两字，活画出“他”对“我”的多情。“他”唠叨个没完，一会儿说博取功名的曲曲折折，一会儿又说如何想“我”念“我”。“我”这才想起，光顾亲热了，还没给“他”接风洗尘哩。忙叫：“梅香，快摆上酒果，为俺俩人庆贺庆贺！”于是，两口子相亲相爱、如胶似漆，万种相思，千般离恨，总算一笔勾销了。正在缠绵之际，忽然一声鸡鸣，惊破好梦。作品到此戛然而止，女主人公那巨大的失望、无限的惆怅，全都留给读者自己想象和回味。此曲构思巧妙，语言朴实流畅、生动活泼，将少妇盼夫急归的心理，写得活灵活现。其中写二人对话的一段，尤为逼真，令人难忘。清姚华谓：曲为“有容之词章，有韵之说部”（《曲海一勺》）。这支[锁南枝]，不愧曲中杰作。

沈自晋(1583—1665)

字伯明,号西来、长康,晚号鞠通生,江苏吴江人。沈璟从子。弱冠补博士弟子员,明亡弃去,隐居吴山。善度曲,尤精音律。作有传奇数种,并增补《南词新谱》。散曲有《黍离续奏》、《溪新咏》、《不殊堂新草》,均收入《鞠通乐府》。风格前期艳丽,后期悲壮。

南仙吕解三醒[①] 久雨乍晴同大儿一步春畦感怀赋此

入春阴侧寒犹峭,[②]懒听他涧底松涛。梅花耐雨心酸早,颦蹙柳泪含桃。[③]只道东皇吝彩将咱过半抛,[④]谁知转盼风光若故交!晴和了,喜的是携儿缓步,踏翠东皋。[⑤]

前腔换头

譬如我血溅戈矛等闲如刈草,[⑥]譬如我风雨沉埋何处招;譬如你图南不返迷荒徼,[⑦]使我穷泪眼望归轺![⑧]譬如你纷华未断还来入市朝,[⑨]使我愁见蒙茸一锦貂。[⑩]今番好,喜的是承颜无恙,[⑪]洗耳难逃。[⑫]

【注释】

①此曲牌属南仙吕,句式为七七七六、七七、三四四。九句

八韵，第八句不用韵。②恻寒：微寒。③颦蹙(cù)：紧皱眉头。④东皇：司春之神。⑤东皋：泛指田野。⑥譬如：假如。⑦图南：比喻远大的志向，这里指出外做官，典出《庄子·逍遥游》。⑧轺(yáo)：轻便的马车。⑨纷华未断：谓尚存功名之心。市朝：喻名利之所。⑩蒙茸一锦貂：微贱的小官。蒙茸：乱貌、小貌；茸为小草丛生。锦貂：华贵的貂皮，此指官服。这句是作者对名利的鄙视之辞。⑪承颜：幸得见面。⑫洗耳：比喻逃出官场，典出《高士传》上《许由传》。

【品评】

沈自晋处于明清易代之际，与广大汉族文人一样，甲申以后心情抑郁寡欢。这两首载于《黍离续奏》的小令，将初春时节乍暖还寒的气候、景物与作者悲喜交集的心情融为一体，风格前后卓异，情感深沉动人。第一首从寒风料峭的季节着笔。春雨乍停，"恻寒犹峭"；作者携子信步春畦，只见梅花凋谢，柳、桃含苞。三、四句用拟人手法寄托情感，梅"心酸"、柳皱眉、桃含泪，正反映出作者酸楚凄切、欲哭无泪的心境。这二句颇有杜甫"感时花溅泪，恨别鸟惊心"的韵味，是全曲最富诗意的句子。五、六句转折，"只道"承上，"谁知"启下，于是天气由阴转晴，心情由悲到喜。末几句的"携儿缓步，踏翠东皋"，绝非表现闲适之感、舐犊之情，而是历经劫难、饱受折磨之后终于无恙的侥幸，是不幸中之大幸的慰藉。这种情感，在第二首中得到淋漓尽致的抒发。作品用一连串假设：譬如"我"死去，譬如"你"远游。这显然不是杞人忧天式的担心，而是寓有桩桩件件不堪回首的往事，或是对形形色色不虞之灾的预感。由此可见作者喜中有悲、百感交集的复杂心情。五、六句将"入市朝"、衣"锦貂"也当作父子团聚的障碍，这不仅是对功名利禄的厌弃，更重要的是表现"黍离"之感。从写法上看，第一首遣词清俊，风格含蓄，意境雅致；第二首则较为口语化，体现了曲的特征。

夏完淳(1631—1647)

原名复,字存古,松江华亭(今上海市华亭)人。几社领袖夏允彝之子,14 岁即从父抗清。后被捕,在狱中痛骂洪承畴,遭杀害,年仅 17 岁。所作诗文苍凉悲壮,激越慷慨,充满爱国热情,后人辑为《夏完淳集》。散曲有《狱中草》,风格与其诗文相近。

南仙吕入双调江儿水① 金陵杂咏

望青烟一点,寂寞旧山河。晓角秋笳马上歌,②黄花白草英雄路,闪得我对酒销魂可奈何!③荧荧灯火,新愁转多。暮暮朝朝泪,恰便是长江日夜波。

【注释】

①此曲牌属南仙吕入双调,句式为五三七、七七六、四六。八句七韵,第七句可不用韵。 ②角:军中号角。笳:汉时流行于西域少数民族中的乐器,这里也指军中管乐。 ③闪:抛撇。

【品评】

夏完淳是我国文学史上著名的少年爱国诗人。他十四岁参加抗清,十七岁英勇就义。其作品中常常洋溢着一股郁勃之情、阳刚之气。这首小令写于南京狱中,可谓慷慨悲歌,铮铮有声。首二句写眼前景物,形容江南一带为清兵占领,致使江山失色，荒凉寂寞。三、四句回忆被捕前金戈铁马的征战生涯，以“晓角秋笳”对“黄花白草”，不仅有声有色，而且令人感到时光的推移、四季的变幻。这里的“英雄路”是作者对他自己短暂生涯的概括，是他个人的英雄末路、英雄悲剧，也是整个民族悲剧的浓缩与凝聚。五句写对酒“销魂”，但置于全曲中，却没有一丝消极与惆怅，而是壮志未酬的扼腕长叹，是“不斩楼兰终不还”式的铿锵誓言，是“臣子恨何时灭”式的遗恨！六、七句写面灯凝思，似显平缓，但实为下文蓄势。末二句用比喻，兼用夸张，表现作者感情激越，如大江之水汹涌澎湃、日夜长流。这样的作品，是夏完淳血泪化成的悲壮之音。他正当十几岁的美好年华，却忘我地投入到拯救民族危亡的大业之中。他无私的襟怀、豪放的气质，都体现在其作品之中，是一般囿于个人得失的作家所根本不可比拟的。

朱彝尊(1629—1709)

字锡鬯,号竹垞,浙江秀水(今嘉兴)人。年轻时不仕,康熙十八年(1679)应博学鸿词科,授翰林院检讨,修纂明史。后被劾降级。平生博览群书,勤于著述。有《曝书亭集》行世。他是清初诗词名家。散曲有《叶儿乐府》1卷,收小令43首。

双调折桂令

闹红尘衮衮公侯,白璧黄金,肥马轻裘。蚁阵蜂衙,① 鼠肝虫臂,② 蜗角蝇头。③ 神仙侣淮王鸡狗,④ 衣冠队楚国沐猴。⑤ 归来去休,选个溪亭,作伴沙鸥。

【注释】

①蚁阵蜂衙:形容官场上的你争我夺。蜂衙指蜜蜂拥簇蜂王,像官员排衙一样。 ②鼠肝虫臂:比喻卑微。 ③蜗角蝇头:比喻细小的利益。 ④淮王鸡狗:淮王,即汉代淮南王刘安,修炼成仙后,家中鸡狗吃了他所剩下的丹药,也都升天了。⑤衣冠沐猴:穿着衣冠的猴子,表面上像人,其实是禽兽。沐猴:猕猴。

【品评】

传统诗词不乏揭露封建统治者种种黑暗腐败的作品,但敢于把矛头针对统治集团，从总体上暴露其丑态的散曲，并不多见。此曲开宗明义说“衮衮公侯”，笔锋直扫所有达官贵人，胆识非同小可。这句以“闹红尘”三字罩住，则二、三句承上意，既是概括描述他们富贵奢华的生活，同时有讽刺意味。四、五、六句亦承“闹”字而发。在作者看来，朝廷里衮衮诸公，你争我夺，不过是为了蜗角虚名，蝇头微利，品德实属卑微。马致远曾讥笑说：“看密匝匝蚁排兵，乱纷纷蜂酿蜜。”此曲的意旨亦相近。七、八句，换一个角度写“闹”。在官场上，一人得道，鸡犬飞升，巴结钻营，沐猴而冠，这统统是一出闹剧，是封建时代官场的普遍现象。最后三句，诗人表示不屑生活在那闹得不可开交的官场，愿意远离喧闹，去过与世无争的生活，以闲的态度，对抗“闹”的现实。此曲把封建时代官场上上下下看成是闹红尘的一群，以“闹”字贯穿全篇，很能体现作者愤世嫉俗的品格。在语言上，大量运用成语，用得活，用得巧，不仅没有堆砌痕迹，而且显得顺手拈来，天机自露。

中吕朝天子　送分虎南还①

鱼标，②稻苗，争似南湖好！③月寒沙柳夜萧萧，帆影卸三姑庙。④暗水横桥，矮屋香茅，看黄花都放了。丝绦，布袍，再不想长安道。

【注释】

①[朝天子]又名[谒金门]、[朝天曲]。句式为二二五、七五、四四五、二二五。十一句十韵。分虎：李符，浙江嘉兴人，善词，与朱彝尊等被称为“浙西六家”。　②鱼标：捕鱼的标识。

③争似：怎似。南湖，在嘉兴东南 ④三姑庙：在嘉兴，祭祀蚕仙。

【品评】

送别友朋，总会有依依不舍的情绪，柳永说：“多情自古伤离别，更那堪冷落清秋节。”执手临岐之际，难免黯然魂消。但朱彝尊这首送李符南还的小令，却全不言别。首三句，劈头以反诘句式，赞美故乡风物。那里是鱼米之乡，民丰物阜。李符南返，回到故乡怀抱，才真叫人羡慕。四、五句是想象中李符到达故乡时情况。那船，该泊在三姑庙，夜凉如水，月色如银，水边沙柳，萧疏淡雅。泊船时没有迎候，没有应酬，显得多么宁静安逸。六、七、八几句，进一步想象李符看到的故乡景色。溪水、短桥、矮屋、茅草，优美而质朴，富有田园味和泥土气。诗人还想象李符将看到村边盛开着金黄的菊花，那菊花映衬得周围明媚清雅。特意点出菊花，自然会引起人们“采菊东篱”，憩息田园的联想。末三句，想象李符返家后的表现，他将穿着日常衣服，轻便惬意，再不会去想京城中官场的事了。此曲着墨于赞美被送者将要去的地方，既是对行者的安慰，又蕴含着留者对归息田园的向往。这样写别情，清新明快，别开生面。

洪　昇(1645—1704)

字昉思,号稗畦,浙江钱塘(今杭州)人。国子监太学生,以传奇《长生殿》名于世。后因该剧触犯禁忌,被除籍。洪昇的创作,还有杂剧《四婵娟》,诗词《稗畦集》、《稗畦续集》、《啸月楼集》、《昉思词》、《啸月词》。散曲有小令1首、套数5篇。

中吕粉蝶儿　题徐虹亭枫江渔父图[①]

[粉蝶儿]江接平湖,缈茫茫水云烟树,战西风一派菰蒲。白蘋洲,黄芦岸,厮间著丹枫远浦。[②]秋景萧疏,影长天落霞孤鹜。[③]

[醉春风]俺只见小艇乍迎潮,孤篷斜带雨。柳边渔网晒残阳,有多少楚楚。[④]停下了短桨轻帆,趁著这晚烟秋水,泊在那野桥官渡。

[普天乐]见一个钓渔人,江边住,笋皮笠子,[⑤]荷叶衣服。足不到名利场,心没有风波惧。稳坐矶头无人处。碧粼粼细数游鱼。受用足一竿短竹,半壶绿醑,[⑥]数卷残书。

[红绣鞋]那渔父何方居住?指枫江即是吾庐,[⑦]何须隔水问樵夫。[⑧]云藏林屋小,[⑨]天逼洞庭孤,[⑩]刚离著三高祠不数武。[⑪]

[满庭芳]傍柴门停舟暂宿,江村吠犬,霜树啼乌。

纵然一夜风吹去，⑫也只在浅水寒芦。破蓑衣残针自补，枯荷叶冷饭平铺。秋如素，渔歌一曲，千顷月明孤。

[上小楼]正安稳羊裘避俗，⑬不提防鹤书征取，⑭逼扎您罢钓收纶，弃饵投竿，揽辔登车，离隐居，到帝都，龙门直度，⑮拜殊恩古今奇遇。

[十二月]但莫忘旧盟鸥鹭，⑯且休提新脍鲈鱼，⑰空想象志和泛宅，⑱慢寻思范蠡归湖。⑲凝望处云山杳霭，梦魂中烟水模糊。

[尧民歌]描不出满怀乡思忆东吴，⑳因写就小江秋色钓鱼图。翠生生包山一带有还无，㉑片时间晚云收尽碧天孤。传书，平沙落雁呼，直飞过斜阳渡。

[耍孩儿]俺不能含香簪笔金门步，㉒只落得穷途恸哭。㉓山中尚少三间屋，待归休转又踌躇。不能做白鸥江上新渔父，只混著丹凤城中旧酒徒。㉔几回把新图觑，生疏了半篙野水，冷落了十里寒芜。

[尾声]江波寒潦收，枫林夕照疏。比磻溪也没甚争差处，㉕单只您这垂钓的先生不姓吕。

【注释】

①[粉蝶儿]是中吕宫套曲的第一个曲牌，第二个曲牌规定用[醉春风]，以下才用其他的曲牌。徐虹亭：清初诗人，名釚，字电发，别号枫江渔父，曾为翰林院检讨，兴修明史。　②厮间：相间。　③落霞孤鹜：用唐王勃《滕王阁序》："落霞与孤鹜齐飞，秋水共长天一色。"鹜：野鸭子。　④楚楚：鲜明，整洁。⑤笋皮笠子：用笋皮竹片编成的斗笠。　⑥绿醑（shǔ）：绿色的美酒。　⑦吾庐：我家。　⑧隔水问樵夫：用唐王维《终南山》诗句。　⑨林屋：山名，即包山，在江苏吴县西南太湖中。

⑩洞庭：山名，在太湖中。 ⑪三高祠：祭祀越国范蠡、晋代张翰、唐代陆龟蒙的祠庙。不数武：没有几步。武：半步。 ⑫纵然一夜风吹去：用前人诗句，后句为“只在芦花浅水边”。⑬用严武披羊裘垂钓事。 ⑭鹤书：书体名称，也叫鹤头书，写诏书时用此字体。 ⑮龙门直度：比喻鲤鱼跳龙门，荣登显贵之意。 ⑯盟鸥鹭：与沙鸥、白鹭交朋友，比喻归隐。 ⑰脍鲈鱼：把鱼肉切成薄片，用西晋张翰事。张翰在洛阳做官时，见秋风起，便想到家乡的鲈鱼肥了，于是辞官归隐。 ⑱志和泛宅：张志和，唐代人，归隐于江湖间，自称烟波钓叟。 ⑲范蠡归湖：传说范蠡助吴灭越后，泛舟游五湖。 ⑳东吴：这里指苏州。 ㉑翠生生：鲜明碧绿的颜色。 ㉒含香：旧制高级官员含鸡舌香与皇帝应对，使气息芳香。簪笔：侍臣们把笔簪在帽子上，便于记事。金门：汉代宫门名。 ㉓穷途恸哭：用晋代阮籍事。他每驾车出游，走到路巷的尽头就痛哭。 ㉔丹凤城：京城。 ㉕磻溪：在陕西宝鸡市附近，传说吕尚在此垂钓。

【品评】

这是一首题画诗。据载，徐轨曾请画家谢彬画了一幅《枫江渔父图》，图成，广征题咏。洪昇便以散曲题图。全曲先从画面景色写起。[粉蝶儿]写秋江，只见天水迷茫，菰蒲萧疏；江岸上白蘋、黄芦，夹杂着红色的枫树，一派明净绚丽。“厮间著丹枫远浦”一句，正切枫江画题。[醉春风]写渔舟，这小船晒着渔网，短桨轻帆，在秋江中随意徜徉。[普天乐]写渔翁，他稳坐在钓鱼矶上，垂着钓竿，数着游鱼，优哉游哉，自得其乐。以上三曲，扣着《枫江渔父图》画面着墨，形象宛然。[红绣鞋]和[满庭芳]从画面上出现渔翁，便把笔力集中到他的身上。作者想象这画中人在江上的生活：他颇清苦，衣服破了，“残针自补”，肚子饿了，“冷饭平铺”，但活得自由自在。他把天地作居室，以江月为伴侣，以“三高祠”为邻居，那份清高潇洒，不啻比上神仙。

[上小楼]、[十二月]、[尧民歌]写渔父忽然不得不收起钓竿。"离隐居,到帝都",享受荣华富贵。但他心态很不平衡,他怀念故里,欲归不得。往日平静的生活,只能在梦魂中求之。曲中说"描不出满怀乡思忆东吴,因写就小江秋色钓鱼图",正面表明了诗人对这幅《枫江渔父图》题旨的理解。在作者眼中,图画中的渔翁,正是徐釚本人的写照。[耍孩儿]一曲,是题图者在欣赏图画之余,引发出对自己穷愁潦倒生活的感慨。他自己也流落京师,困厄委顿,进退两难。当看到这幅《枫江渔父图》上渔父逍遥自在的图像,自然浮想联翩。此曲在结构上颇见匠心,它切合画面,从秋江写到渔舟,写到渔父,写到渔父的内心,再写看图题图者的感怀,娓娓道来,层次分明,舒徐婉转,有荡气回肠之妙。其中对画面的描述,形象地再现江南深秋景色。作者细腻的观察、优雅的笔调,使全曲句句生香,笔笔传情。语言流丽隽永,既有本色,又有文采,诚为清代散曲中不可多得的杰作。

厉　鹗(1692—1752)

字太鸿，号樊榭，浙江钱塘(今杭州)人。康熙朝举人，与朱彝尊同为浙西词派主要作家。精通辽宋史实。著有《樊榭山房集》、《宋诗纪事》、《辽史拾遗》等。又与查为仁合撰《绝妙好词笺》。散曲有《樊榭山房北乐府小令》1卷。存小令82首。

越调柳营曲　寻秦淮旧院遗址①

支瘦筇，②访城东，板桥夕阳依旧红。名士词工，狎客歌终，③醉卧锦胭丛。闲愁埋向其中，温柔老却吴侬。④香消南国尽，花落后庭空。风，吹梦去无踪。

【注释】

①秦淮旧院：明清之交，南京秦淮河畔名妓聚居的地方。②支瘦筇：扶着瘦长的竹枝。　③狎客：指玩乐的人。　④吴侬：即吴人，江苏一带的人。

【品评】

明中叶以还，秦淮河畔，莺歌燕舞，名妓如李香君、寇白门等聚居于此。不知吸引了多少骚人墨客，流传着多少风流韵事，这里是金粉繁华的标志。清兵南下，天崩地裂，南京失陷，秦淮旧院也风流云散。此曲题目曰“寻”，就有低徊凭吊的含义。首句以“瘦”形容竹枝的陋拙，以“支”形容行动的迟缓龙钟，已有伤感意味。第三句强调“夕阳依旧”，怀念往日的意思更加明显。中间几句，承第三句而发。往日在这里流连诗酒、偎翠倚红的景象，又在眼前浮现，但一切事过境迁、荡然无存了。眼前旧院的情景是：“香消南国尽，花落后庭空。”这两句语带双关，既写秦淮名妓人去楼空、旧院繁华消歇，又暗寓南方的凋残、南明的衰灭，就像陈后主在《玉树后庭花》的乐声中败亡一样。最后一句以“吹梦无踪”作结，显得无限怅惘凄凉。整曲贯穿着思恋旧日繁华的情绪，其哀感顽艳的韵味，使人动容。

双调折桂令　述怀

问先生底事穷愁，①放浪形骸，笑傲王侯。不隐终南，②不官彭泽，③不访丹丘。④搔白发三千丈在手，算明年六十岁平头。⑤天许奇游，寻月蛟门，⑥看雨龙湫。⑦

【注释】

①底事：何事。　②终南：山名，在陕西省西安市西南。唐代不少人到终南山归隐，也有不少人在这里取得“隐士”名声，受知于朝廷而被聘召，人称“终南捷径”。　③不官彭泽：不肯为了生活求取一官半职的意思。晋代陶渊明曾为彭泽县令。他说不能为五斗米折腰，便辞官回家。　④丹丘：传说中神仙居住的地方。　⑤平头：即齐头，不带零头的整数。　⑥蛟门：山名，在今浙江宁波市东的海中。　⑦龙湫：指瀑布。

【品评】

此曲一开始即问："问先生底事穷愁"，下文却完全没有回答，只大谈自己在穷愁潦倒生活中的种种表现，轻蔑仕官之情，溢于言表。"问先生"三字用得俏皮，加强了自我嘲弄的味道。二至五句，说明对生活的态度。"放浪形骸"就自身的活动言，"笑傲王侯"就对待权贵言。作者既反对半心半意地归隐，反对为五斗米折腰，也反对求仙访道。这五句连用四字句式，一气呵成，斩钉截铁。第七句用李白《秋浦歌》"白发三千丈，缘愁似个长"的诗意，暗承首句提到的"穷愁"，透露磊落不平的情绪。第八句既说明进入晚年，别无他求，又表明年将"耳顺"，已领略了人生。《论语·为政》篇云："六十而耳顺。"据郑玄注，所谓耳顺，是"耳闻其言，而知微旨"。此句强调即将平头六十，参透世事，也就补足了为什么"放浪形骸，笑傲王侯"的原因。末三句正面抒发怀抱。诗人希望"奇游"，希望能玩月于大海之中，看雨于瀑布之下，希望能领略大自然豪雄的意境以及无所挂碍一往无前的气概。而欣喜这样的景色，实际上寄寓着对"放浪形骸"生活的追求。

此曲天纵放逸，吐气如虹，笔力不凡，诗人胸中丘壑，在纵横驰骋的笔意中和盘托出，袒露无遗。

黄图珌(1700—1771)

字容之,号守真子,别署蕉窗居士,江苏峰泖(今上海松江)人。雍正六年(1728)春服阕,入都谒选,分守杭州,不久迁河南卫辉府知府。善诗词,有《看山阁集》。尤喜作曲,有《排闷斋传奇》7种,散曲全用南曲调,名《看山阁南曲》。

南仙吕入双调夜潮月一江[1] 观潮

[夜行船序]一线雷声,顷刻间出幽冥,[2]卷起怒涛千顷。把这一轮月,幻做了江海燃无尽的琉璃之灯。 [三月海棠]愤不了伍相孤忠成泡影,[3]重不了钱王声价随潮盛。[4] [江儿水]天教他特壮吴山名胜。满目里秋水长天,维有那月色江声交并。[5]

【注释】

①此曲牌为集曲,即将南仙吕入双调中的[夜行船序]头、[三月海棠]腰、[江儿水]尾联为一曲。 ②幽冥:旧指阴间。 ③"愤不了"句:意谓伍子胥无比的忠心终成泡影。不了:无比。伍相:指伍子胥,名员,春秋时楚人,传说他被吴王夫差所杀,尸投浙江,成为涛神,后遂称浙江潮为胥涛。 ④钱王:指吴越王钱镠,传说他筑捍海塘,怒潮汹涌,版筑不成,于是命兵卒以强弩五百以射潮,迫使潮头趋向西陵,遂得奠基成塘。 ⑤维:句首助词,无义。

【品评】

钱塘江大潮,自古以来被称为“天下奇观”。这首题为《观潮》的小令,用瑰丽的语言,描绘了钱塘江潮水的奇异壮观,缅怀了与潮水有关的历史人物,令人神往,发人深思。[夜行船序]几句,写潮水由远及近、由小到大,有声有色,动人心魄。潮头涌出之前,在东边天水相接的地方,出现一条白线,远处传来隆隆的响声,好像闷雷滚动。白线迅速向前移动,响声也越来越大。“顷刻间”,白浪翻滚,无边无际,若飞若舞,发出山崩地裂般的响声,掀地冲天的怒涛。抬望眼,只见空中那一轮明月,就好像一盏被潮水捧起来的琉璃灯。[三月海棠]两句,写作者面对排山倒海的钱塘江大潮,想到被昏君迫害致死、沉尸江中、化为涛神的伍子胥;想到为筑堤而命部下用弓箭射退潮水的吴越王钱镠。这两个人物,一个饮恨而死,一个功成名就;放在这里,既有对比意味,又概括了历史上功败垂成的各类人物。这奔腾咆哮的钱塘江大潮,淘尽了多少叱咤风云的历史人物,目睹了多少威武雄壮的历史戏剧!潮水还在翻滚,历史还在重演……[江儿水]三句,写潮水退去,作者极目秋水长天,观看月色,倾听江声。从全曲看,“观潮”是对大自然鬼斧神工的欣赏与赞叹,更是咏史和抒怀。这首曲子浸透了作者深沉的历史感。篇末虽然语调平缓,但使人感到:潮水虽然退去了,作者心头翻滚的浪潮却久久没有平息。

吴锡麒(1746—1818)

字圣征,号縠人,浙江钱塘人。乾隆四十年(1775)进士,授翰林院编修,嘉庆六年(1801)授国子监祭酒。归寓扬州。工骈体文及书法,著有《有正味斋全集》73卷及《渔家傲》传奇。散曲有《有正味斋南北曲》2卷。有小令70首,套数13篇。

南仙吕掉角儿　吴兴道中观插秧者[①]

听田讴水乡最宜,[②]鸣秧鼓梅天新霁。[③]转桑阴时看笠攲,[④]立草泥不嫌脚腻。这边抛,那边接,井字排,针尖簇,绿混东西。风来暗长,雨来更肥。娇儿比一般田稚,[⑤]煞费栽培。

【注释】

①[掉角儿],南曲仙吕宫调名,句式为七七七七、六六四、四四七四。十一句六韵。七字句多为上三下四句法。吴兴:地名,在浙江省北部。　②田讴:乡间的民歌。　③梅天:黄梅天气,江南阴雨连绵的季节。　④笠攲:蓑笠倾斜着。　⑤田稚:幼苗。

【品评】

散曲以描述田间劳动为题材者,并不多见。而像这首具有泥土气息者更少。它给人以清新扑面的感觉。首句说在水乡最宜倾听田歌,暗切濒临太湖的吴兴。次句写插秧天气:秧鼓声声,田歌阵阵,梅雨新晴,呈现出一派愉悦的气氛。第三句写田家出发插秧,斜披蓑笠,转过桑阴,欢快匆忙,行歌相答。第四句写秧田里干活,赤脚插秧,拖泥带水,"腻"字用得很有诗意。中间几句,描述插秧情景,抛秧接秧,一排排、一簇簇,田家动作熟练,转眼秧苗在田中绿成一片。这里放出一连串短促的句式,有利于表现劳动紧张的节奏。结句把培育秧苗与养儿育女作比,形容农事的艰辛和苦心,见出作者对劳动人民的同情。当然,吴锡麒作为一个旁观者,对农民插秧弯腰曲背、下蒸上晒的滋味,是不可能体会深刻的,但他毕竟知道稼穑艰难。此曲用语也清新流畅,可备一格。

南商调梧桐雨① 一舸

西风吹白纻,②歌罢人何处。莫道功成,肯逐鸱夷去,③算回头只有烟波路。吴苑千秋,④花也愁无主;越客千丝,⑤网也兜难住。剩相思石上苔无数。

【注释】

①[梧桐雨]句式为五五四五、七七、四五七。九句六韵。②白纻:吴地生产的洁白的夏布,少女穿着白纻歌舞,叫白纻歌或白纻舞。 ③鸱夷:本是形似鸱夷的袋子。这里指越国的范蠡,传说他灭吴后,携西施乘舟游五湖,改名鸱夷子皮。 ④吴苑:指吴王夫差的宫苑。 ⑤越客:指范蠡。

【品评】

吴越斗争和范蠡西施的故事,历来是骚人墨客热衷的话题,人们会从中得出种种的思考。此曲也离不开感慨兴亡爱恨之类的纠葛,但写得含蓄蕴藉,题旨若显若隐,别具遥深悠远的韵味。首两句,从吴宫歌舞写起,当时歌声袅袅,舞影翩翩,后来夫差败亡,曲终人散,一切都成虚幻了。句首以"西风"点缀,即微露萧飒之意。由吴宫歌舞便引出西施,三、四句即就西施随范蠡游五湖事兴感。诗人希望人们晓得,不要以为西施迷惑夫差,助越破吴,便是大功告成,优哉游哉了。第五句承"莫道"陈说,点明西施内心的痛苦。她回望走过来的路,只觉得茫茫烟水,凄迷浩杳,眼前景色是她心境的写照。从西施出走又引发"吴苑"、"越客"两对句,分写夫差亡国与范蠡归隐。在吴国,夫差一死,吴宫花草从此寂寞无主,可悲可叹;在越国,帮助灭吴的范蠡,何尝有胜利可言,他懂得鸟尽弓藏、兔死狗烹的道理,一走了事。纵有以千丝万缕编织的网,也兜不住他的去意。语句总括上文而用语新奇。作者感叹,什么兴亡盛衰,什么功名利禄,英雄成败,一切不复存在,只剩相思石上的苔痕,作为历史和人生变化的见证。显然,此曲所写西施的心态,实际上是诗人自己伤感情怀的表现。

赵庆熺(1792—1847)

字秋舲,浙江仁和(今杭州)人,道光二年(1822)进士,任浙江金华府教授,未到任便病亡。赵工于词曲,著有《蘅香馆诗稿》、《蘅香馆杂著》、《楚游草》、《香消酒醒词》。散曲有《香消酒醒曲》1卷。有小令9首,套数11篇。

仙吕一半儿[①] 青梅

海棠花发燕来初,梅子青青小似珠,与我心肠两不殊。[②]你知无,一半儿含酸一半儿苦。

【注释】

①[一半儿]句式为七七七、三九。末句要嵌入两个"一半儿"字样。五句五韵。 ②两不殊:没有两样。

【品评】

此曲为咏物之作,所咏者为未熟透的青梅。在传统诗词中,青梅往往是少年时代的象征。李白诗"郎骑竹马来,绕床弄青梅"。描叙幼少时期儿女的情事。此曲着眼于青梅的酸和苦。这是通过题咏青梅寄寓一种微妙的情感。首句是说海棠花发,半红半白,艳丽明媚。乍见花开,使人感到春意盎然。次写燕子,燕子也是春天来到的。着一"初"字,点出这是万物昭苏的初春季节。第二句正写青梅,梅枝刚刚结子,累累如珠,青绿晶莹,它那娇小玲珑、充满青春气息、惹人怜爱的形象,在淑气初回的季节，容易引起那些在少男少女时期萌动情思的人回忆和遐想。第三句是经过种种思想活动以后的判断。抒情主人公觉得，他和青梅的内心，没有什么不同，他就是梅，梅就是他，心有灵犀一点通。第四句“你知无”一语，问得天真，问得亲切。跟着便对“两不殊”作出解释，这就是“一半儿含酸一半儿苦”。这句话语意双关，本色浑成。它既切合梅子未熟的物性，又使人领悟诗人的内心世界，胜过千言万语，多少隐衷从中传出，真是妙不可言。

许光治(1811—1855)

字龙华,号羹梅、穗嫣,浙江海宁人。廪贡生。少时颖悟,弱冠后以授徒为生,旁涉诸艺事,绘画、篆刻、音乐、医药等无不通晓。著有《放吟》、《声画诗》、《红蝉香馆集》。散曲《江山风月谱》1卷,风格清润华美。

双调水仙子 海棠

红绵绣凤扑华铅,[1]红锦回鸾散舞钱,[2]红丝颤雀翘妆钿。[3]过清明百六天,[4]画墙低何处秋千?宿粉晕流霞炫,明姿洗垂露鲜,是花中第一神仙。

【注释】

①"红绵"句:形容海棠花开放时好像是在红绵上绣着的凤凰。华铅:即铅华,搽脸之粉,这里是形容海棠的颜色。②"红锦"句:形容海棠花被微风吹动,好像鸾鸟在空中回旋。散舞钱:形容舞姿。 ③"红丝"句:形容垂丝海棠花梗细长,像颤巍巍的雀儿一样。翘妆钿:形容垂丝海棠的形状。 ④过清明百六天:指寒食节,它在清明后一日,距离冬至一百零六天。

【品评】

许光治是晚清著名的"清雅派"散曲家,这首歌咏海棠的小令是他的代表作之一。前三句用一个工整的鼎足对,每句都是前半段比喻，后半段拟人。第一句先写海棠如同红绵上绣着的凤凰，然后再以少女梳妆时用的“铅华”比拟其色泽。第二句形容海棠花被风一吹，似鸾鸟在空中回旋，又似技艺高超的舞女在翩翩起舞。第三句写垂丝海棠在花枝上如同颤巍巍的雀儿，又如同少女头上翘起的妆钿。这就不但渲染了海棠花的艳丽，而且见物又见人，令人想起美丽的少女。“画墙低”一句，看似仅写秋千，但秋千与少女，历来在诗人笔下是融合在一起的。如“秋千慵困解罗衣，画堂双燕栖”（欧阳修《阮郎归》），“墙里秋千墙外道，墙外行人，墙里佳人笑”（苏轼《蝶恋花》），都是这样。所以这一句也含蓄地写到少女。末三句“宿粉”、“明姿”，既是写佳人，又是写海棠。总括全曲，构思巧妙，遣词绮丽，亦人亦花，妙合无垠，令人叹服。

双调折桂令　湖上

看湖头急雨潇潇，早烟幂林扃，[①]云布山椒。[②]浪未银翻，泉迟玉泻，波已珠跳。[③]游女去香车翠轺，[④]货郎归画鼓饧箫。[⑤]最是魂销，无恙东风，楝子花梢。[⑥]

【注释】

①林扃：同林坰，林野。　②山椒：山顶。　③珠跳：形容雨点像珠子一样跳起来。苏轼《望湖楼醉书五绝》有“白雨跳珠乱入船”句。　④香车翠轺：华丽的小车。　⑤饧（xíng）箫：卖饧者所吹之箫。饧：饴糖类食物，用麦芽或谷芽熬成。　⑥楝子花：暮春开放的一种花，树高叶密，花香色红。

【品评】

这首小令写湖上雨景，充满诗情画意，又富有动态之美。开头用“看”字领起前三句，只见烟雾像帷幕一样笼罩着林野，乌云布满山顶，急雨辟辟叭叭地落了下来，骤雨虽急，但还未致倾盆；雨点像珠子般打在水面上，溅起小小的水花。“浪未银翻，泉迟玉泻，波已珠跳”三句，形容湖水在急雨击打下的状态：既跳动荡漾不已，又不至于翻江倒海，冲岸决堤。用“银”、“玉”、“珠”三字形容水，给人以形象的美感；“翻”、“泻”、“跳”三字，分别描述三种程度不同的动态，生动准确，设意巧妙。这几句从苏轼“黑云翻墨未遮山，白雨跳珠乱入船”（《望湖楼醉书五绝》）句得到启发，又别开生面，有新的意境。“游女”二句写雨中游人的景况：富贵人家出游的女子乘着华丽的小车离去，卖饧的货郎边摇鼓边吹箫归家。上句着一“去”字，可见轻车缓步；下句更溢满轻松欢快的气氛。这种动而不乱、去而不慌的描写，正与湖水的跳而不翻、漾而不泻相一致。美在和谐，于此可见。末几句写雨后东风微拂、楝花招展的画面。“无恙”二字，照应前篇，遂使首尾浑然一体。